刑罰

フェルディナント・フォン・シーラッハ

黒いダイバースーツに身を包み、浴室で首をくくっていた男。赤ん坊を死なせた夫の罪を肩代わりし、3年後に出所の日を迎えた母親。静寂の中で余生を暮らし、夏の終わりに小銃に弾を込めた湖畔の住人。犯罪組織のボスとして人身売買の罪で起訴された男と、彼を弁護することになった新人弁護士。——唐突に訪れる犯罪の瞬間には、彼ら彼女らの人生が異様な迫力をもってあふれだす。刑事専門の弁護士として法廷に立つ傍ら、デビュー作『犯罪』で本屋大賞「翻訳小説部門」第1位に輝いた当代随一の短篇の名手が、罪と罰の在り方を鮮烈に問う12の物語。

刑　　　罰

フェルディナント・フォン・シーラッハ
酒　寄　進　一　訳

創元推理文庫

STRAFE

by

Ferdinand von Schirach

This book is published in Japan by TOKYO SOGENSHA Co., Ltd.
Published by arrangement with Marcel Hartges Literatur- und Filmagentur
through Meike Marx Literary Agency, Japan

目次

刑罰

ドイツの裁判では参審制が採用されている。参審制とは、一般市民から選ばれた参審員が職業裁判官とともに裁判を行う制度であり、犯罪事実の認定や量刑の決定の他、法律問題の判断も行う。参審員は事件ごとに選出されるのではなく、任期制となっている。また、法律用語や訴訟手続きなども日本と異なる場合がある。(編集部)

すべてが鳴りをひそめているとき、たいていなにかが起きている。

セーレン・キェルケゴール

参審員

Die Schöffin

カタリーナは、ホーホシュヴァルツヴァルトの高地で育った。標高一一〇〇メートル。農家が十一軒に、礼拝堂と、月曜日しか開かない日用品店があるだけ。カタリーナの一家は、その集落の一番奥まったところに住んでいた。家は三階建てで、地面近くまで下がる大屋根をいただいていた。母親の実家だった。裏手は森で、その先に岩場があり、また森になる。この集落に、子どもは彼女しかいなかった。

父親は製紙会社の支配人で、母親は教師だった。ふたりとも麓《ふもと》の町で働いていた。カタリーナは放課後、よく父親の会社に立ち寄った。彼女は十一歳だった。父親のオフィスで椅子にすわり、父親が価格や割引や納入期日を交渉するのを見たり、電話口で話すのを聞いたりして過ごした。父親はなんでも彼女が納得するまで教えてくれた。学校が長期休暇のとき、出張に連れていってくれることもあった。カタリーナは旅行鞄《かばん》から父親のスーツをだし、父親が仕事を終えてもどってくるまでホテルで待った。十三歳になったとき、彼女は父親よりも頭半分大きくなった。とてもやせていて、色白で、髪の色は黒に近かった。父親は彼女を白雪姫と呼んだ。ずいぶん若い方と結婚したんですね、とだれかにいわれるたび、父親は相好を崩した。

カタリーナが十四歳の誕生日を迎えてから二週間経ったとき、その年最初の雪が降った。外はとても明るくて、しんしんと冷えた。家の前には屋根葺《ふ》き用の真新しい柿板《こけらいた》が積んであった。父親は、冬が来る前に屋根の修繕をするといっていた。いつもの朝とおなじで、その日もカタリーナは母親といっしょに車で学校に向かった。ふたりの前をトラックが走っていた。その日の朝、母親はずっと寡黙だった。

「お父さんは、別の女の人を好きになったの」母親がいった。

森の木々は雪をかぶり、岩場も雪におおわれていた。トラックを追い越す。トラックの側面に〝南国フルーツ〟と書かれていた。ひと文字ひと文字、色がちがっていた。

「相手は秘書」母親はいった。速度を上げすぎていた。カタリーナはその人を知っている。いつもやさしかった。父親は、その人に言葉をかけたためしがない。思いだせるのはそれだけだった。ランドセルに爪を立てた。痛くなるまで。

父親は町に移り住んだ。カタリーナはそれっきり父親と会わなかった。

半年後、家の窓に板が釘付けされた。水道も電気も止められた。母親とカタリーナはボンに引っ越した。そこに親戚がいたからだ。

カタリーナは、方言が抜けるまでまる一年かかった。学校新聞では政治について記事を書いた。十六歳のとき、はじめて地元新聞に彼女の文章が掲載された。彼女は自分がしていることを強く意識した。

大学入学資格試験は学校でトップだった。講堂で卒業式の答辞を読まされたが、集中できなかった。そのあと卒業パーティで、酒をあおるように飲み、おなじクラスの男の子とダンスに興じた。その子とキスをし、ジーンズを通して彼が勃起しているのを感じた。その子はセルロイドの眼鏡をかけ、手に汗をかいていた。他の男たちのことが、何度もカタリーナの脳裏をよぎった。すれちがいざまに振り返り、きみはかわいいと声をかけてくる積極的な自信家たち。しかし、つきあうことはなかった。彼女が知っている世界からは遠くかけ離れていた。

ダンスを踊った男の子は家まで車で送ってくれた。家の前に着くと、カタリーナは車の中で彼を満足させた。そのあいだ、卒業式の答辞でうまく舌がまわらなかったことが脳裏を離れなかった。それから家に入った。浴室に行くと、爪切りでまた手首を切った。出血がいつもよりひどかった。カタリーナは包帯を探した。薬の瓶やチューブが洗面ボウルに落ちた。「わたしは欠陥品だ」と思った。

高等中学校《ギムナジウム》を卒業したあと、カタリーナはクラスメイトの女の子といっしょに二間《ふたま》のアパートに下宿し、大学で政治学を学びはじめた。二学期が終わると、学生助手の職を得、週末にはデパートのカタログにのせる下着のモデルとして働いた。

四学期目、カタリーナは州議会議員のオフィスで実習生になった。その議員はアイフェル地方出身で、両親は服飾店を営んでいた。彼は一年生議員だった。これまで出会った友人たちの年長バージョンといったところで、自分のことばかり考えていて、大人の男というにはまだ早く、青くさかった。小柄でずんぐりしていて、やさしげな丸顔。この議員がキャリアを積めるとは思えなかったが、カタリーナがそのことを口にすることはなかった。選挙区をまわった際、議員は友人を彼女に紹介した。夕食をとりながら翌日予定している演説の打ち合わせをしたとき、議員は身を乗りだして、彼女にキスをした。ふたりは議員の客室に行った。彼は興奮しすぎて、すぐに果てた。彼が面目《めんぼく》なさそうにしたので、カタリーナは彼を慰《なぐさ》めた。

カタリーナはアパートを借りていたが、ほとんどいつも彼のところに寝泊まりするようになった。ふたりはときおり旅をした。ただし短い旅だった。彼が多忙だったからだ。カタリーナは彼のスピーチ原稿を丁寧に直した。彼に失敗してほしくなかったのだ。いっしょに寝るとき、彼は体のコントロールが利かなくなる。そこに彼女は心を揺さぶられた。

法学の卒業試験に合格したとき、カタリーナはお祝いをしなかった。知り合いや家族には、疲れが溜まっているからと告げた。彼は会合があって帰りが遅かった。カタリーナはすでにベッドに入っていた。彼は彼女がプレゼントしたネクタイをしめていた。持ち帰ったシャンパンの栓を抜き、結婚する気はないかとたずねた。彼はベッドのそばに立っていた。グラスを持ちながら、返事は今すぐでなくてもいいといった。

その夜、カタリーナは浴室に入った。シャワールームの床にしゃがみ込み、火傷《やけど》しそうなほど熱い湯を長時間浴びた。いつもこうなってしまう、と思った。学校に通っていた頃からすでに気づいていた。当時は〝背後の視線〟と呼んでいた。宇宙のいたるところにあるマイクロ波とおなじだ。カタリーナはさめざめと泣いた。すこし気が晴れると、今度は自分を恥じた。

「来週、両親のところへ行くことになっている」彼は朝食をとりながらいった。

「わたしは遠慮する」カタリーナはいった。

それから、あなたは自由だし、わたしも自由だといった。そして、ふたりでこれからどんな体験をしたいか語った。それから釈然としないこと、ふたりに無関係なことまで長々と話した。夏の盛りの熱気が、開け放った窓から流れ込んできた。なにが正しくて、なにがまちがいなのか、彼女にはもうわからなかった。そのうち、いうことがなくなった。カタリーナは立ち上がると、彼が並べた朝食を片付けた。彼女は傷つき、心が空っぽになり、ひどく疲れていた。

カタリーナはふたたびベッドに横たわった。別の部屋で彼が泣いているのがわかって、彼女は起きあがり、彼のところへ行った。ふたりはもう一度いっしょに寝た。まるでそうすることになにか意味があるかのように。だが、もはやなんの意味も持たなかった。なにかを約束するものではなかった。

その日の午後、カタリーナは二枚のビニール袋に自分の持ち物を入れ、彼の住まいの鍵をテーブルに置いた。

「わたしは、わたしが理想とする人間ではないの」カタリーナはいった。彼は彼女を見ようとしなかった。

大学の前をとおりすぎると、カタリーナは宮廷庭園の日に焼けた芝生を横切り、並木道を宮殿まで上った。ベンチにすわると、膝《ひざ》を抱きかかえた。靴はほこりだらけ、宮殿の屋根の球体の飾りには緑青《ろくしょう》が吹いていていて、緑色に輝いていた。東風になり、しだいに風がはげしく吹いて、雨が降りだした。

アパートは息がつまった。服を脱ぎ、ベッドに横たわるなり、すぐに眠った。目を覚ますと、吹きあれる雨の音と近くの教会の鐘の音が耳に入った。それからまた眠った。ふたたび目が覚めると、しんと静まり返っていた。

カタリーナは政治財団で働きはじめた。政治家や実業家やロビイストといった、会議に出席するゲストの世話を任された。ホテルは液体石鹸《せっけん》のにおいがした。朝食の席で、男たちはネクタイを汚さないように肩にかけた。当時のことは後日、おぼろげにしか思いだせなかった。

すこしずつ具合がよくなった。財団の会長はカタリーナの才能を見抜いた。みんな、彼女に好意を寄せた。彼女がなにかにつけ控えめだったので、みんな、気を許して思ってもみないことを口にした。会長はカタリーナを自分の担当者にした。彼女は会長に付き従い、プレスリリースを書き、相談に乗り、戦略を練った。彼女はとても優秀だが、自分には価値などなく、口先だけの人間で、やっている仕事も無意味だと思っている、と会長はいった。出張先で彼女と会長はよくいっしょに寝た。当然のことのように。

そういう生活をつづけて三年目、体の節々が痛みを感じるようになった。カタリーナの体重は減る一方だった。休みの日には疲れ切っていて、人と会うことも、なにか約束することをせず、電話やEメールすら億劫《おっくう》になった。携帯電話は夜、ベッドの横に置きっぱなしにされた。

あるとき、カタリーナはふたつの会議の合間に親知らずを抜いた。あまりの痛さに苦しみ、どうしても泣きやむことができない彼女を見かねて、歯科医が鎮静剤を注射した。それが効きすぎて、今度は意識を失い、気づいたら病院にいた。

カタリーナは上体を起こした。背中がはだけた病衣しか身につけていなかった。黄色いカーテンが窓にかかっている。あとで臨床心理士がやってきた。静かで、物腰が柔らかかった。カタリーナは長時間、その臨床心理士と話をした。他人に対して反応しすぎる。もっと自分を大事にして、自分もひとりの人間であることを理解しなければいけない。このままでは人生につまずく。臨床心理士にはそういわれた。

一週間後、財団を退職した。

意識を失ってから四ヶ月後、会長が電話をかけてきた。具合はよくなったか、と訊かれた。それから、ベルリンのある企業が広報担当者を探しているので、推薦しておいたといわれた。

「ソフトウェア開発会社で、社員は若い人ばかりだ。きみが興味を持つかもしれないと思ってね。幸運を祈っている」

働かなければいけないことはわかっていた。すでに、日常の生活リズムを失っていた。その会社に連絡を入れてから一週間後、ベルリンに飛んだ。ベルリンにはよく来ていたが、知っているのは官庁街と会議室と、空調が効いたバーだけだった。

社長はカタリーナよりも若かった。歯がとても白く、目が空色だった。社長は、会社が開発しているアプリケーションがどういうものか説明した。それから会社の中を案内した。従業員はとても若く、ほとんどの人がモニターを食い入るように見つめていた。

夜、ペンションにもどると、開け放った窓のそばに肘掛け椅子を動かしていき、靴を脱いで、足を窓台にのせた。ペンションの前の木立は、信号の光で赤くなったり、青くなったりした。通りの向かいのアパートに明かりがともった。本棚と絵が見えた。窓台にのっている青と白の植木鉢が、カーテンの隙間から見えた。彼女の部屋は窓の外の菩提樹《ぼだいじゅ》とマロニエのにおいがした。玄関先に止まっているタクシーのディーゼルのにおいもまじっていた。

次の日の朝、カタリーナは飛行機でもどった。機内で、最初のボーイフレンドと旅行したときのことを思いだした。プロヴァンスから地中海沿いに旅をつづけ、ピレネー山脈を越えてスペインまで足を延ばした。彼女にとって最初の大旅行だった。列車はゆっくり走り、三十分ごとに停車した。どの駅でも乗り降りする人の姿はなかった。バラ園やラベンダー畑が線路際に広がっていた。田園風景。明るく、感じがよかった。頭をボーイフレンドの肩にのせた。車窓から海は見えなかったが、どこにあるか、つねにわかっていた。

飛行機が着陸しても、カタリーナはしばらく座席にすわっていた。飛行機を降りるようにいわれ、彼女はうなずいた。空港のロビーへ移動するあいだ、カタリーナは凍《こご》えた。彼女はタクシーに乗った。ダッシュボードに写真が二枚貼ってあった。スカーフを頭に巻いた女性。サッカーのユニホームを着た少年。タクシーは橋を渡った。幅広いライン川が日を浴びて流れていた。

カタリーナはベルリンのソフトウェア開発会社で働きはじめた。仕事は簡単だった。プレスリリース、インタビュー。たまに顧客と会食することもあった。会社で彼女は紅一点だった。あるとき、オフィスのコンピュータに自分の写真が映っているのを見つけた。だれかが彼女の顔写真を女性の裸体の写真と合成していた。ときどき言い寄ってくるプログラマもいた。彼女はデートの誘いには乗らなかった。ひとりの方がよかった。

地方裁判所からの通知は再生紙に印刷されていた。〝五年間、参審員に任命する〟と書いてあった。通知書に記載されていた電話番号にかけ、なにかのまちがいではないか、自分にはそんな時間はないと訴えた。電話に出た人物はやる気がなさそうだった。とりあえず免除の申請をだしたらいいでしょう、といった。もう何度もその言葉を繰り返しているようだった。

「あなたが州議会や連邦議会、連邦参議院、欧州議会の代議士なら拒否できます。あるいは医師や看護師の場合も認められます。すべて裁判所構成法に書いてありますから、まず確認してください。それでも免除申請するだけの理由があるということなら、申請書を送付してください。検察局が聴取したのち、裁判所があなたの申請について決定します」

カタリーナは会社の顧問弁護士に相談した。やるだけむだだといわれた。

はじめての公判の日の朝、カタリーナは裁判所に早く着きすぎた。身分証明書を確認された。指定された法廷はなかなか見つからなかった。廷吏は彼女の召喚状を読んでうなずき、法廷の横の控え室のドアを開けた。カタリーナは会議机に向かってすわった。しばらくして裁判官がやってきた。ふたりは天気のことや彼女の仕事の話をした。今日は傷害事件が審理される、と裁判官はいった。二人目の参審員は開廷直前にあらわれた。職業学校の教師だった。参審員を務めるのは五件目だという。

午前九時をすこし過ぎたところで、カタリーナたちは横の扉から入廷した。全員が起立した。裁判官は開廷を宣言し、まず参審員の宣誓がおこなわれた。裁判官は宣誓書を一文一文読み上げ、カタリーナは右手を上げて、それを復唱しなければならなかった。目の前には大きな文字で書かれた宣誓書が置かれていた。そのあと全員が着席した。被告人は弁護人の隣にすわり、廷吏は新聞を読んでいた。傍聴人はひとりもいなかった。

裁判官は弁護人と検察官に挨拶し、被告人に生年月日と現住所をたずねた。被告人はもう四ヶ月にわたって未決勾留されていた。書記官はすべてを書きとった。書記官はカタリーナの横にすわっていたが、文字はよく読み取れなかった。

検察官が立ち上がって、起訴状を朗読した。被告人は妻への傷害の罪に問われていた。

「依頼人は今のところ罪状を認めていません」と弁護人はいった。裁判官は、証人を呼ぶよう廷吏にいった。

証人は女性で、証人席につくと、ハンドバッグを床に置いた。

「あなたは被告人の妻ですので、証言しなくてもかまいません。しかし証言するのであれば、真実を述べなければなりません」と裁判官はいった。

「黄色いポストイットがいけないんです」と女はいった。夫はポストイットにメモを残すことが習慣になっていた。もう何年もそれがつづいていた。なんにでも貼れるポストイットをつねにポケットに忍ばせていた。夫が働きにでているあいだ、彼女がなにをしなければならないかポストイットに書く。皿に貼ったポストイットには〝すすいでおけ〟、洗濯物には〝クリーニング〟、冷蔵庫には〝チーズ〟といった具合に。夫はいたるところにポストイットを貼りまくる。女はそれに我慢できなくなったのだ。「黄色いポストイットに耐えられない。しなければならないことは自分でわかる」といったこともあるが、それでも夫はやめず、ポストイットを貼りつづけた。夫はいった。「自分は毎日働きにでているのに、家事のことまで気にかけなければならない」と。

「間抜け」なにかにつけ彼女を罵《ののし》った。

「おまえは役立たずだ、おまえは役立たずだ」と毎日罵倒した。

「おまえは子どもも産めない奴だ」と非難した。

「何年もつらい思いをしました。でも、それに慣れた頃、夫はいわなくなりました」

夏はたいてい町の郊外、高速道路と空港のあいだにある家庭菜園で過ごす。夫婦はそこに小屋を持っているが、そこの手入れも、夫は自分でするといって聞かなかった。一度だけ、彼女が〝自分〟でホームセンターに行き、青い花を買って植えたことがあるが、夫は掘り返してしまった。菜園に合わないといって。

裁判官は調書をめくった。夫は妻に暴力を振るった廉《かど》で、すでに四回有罪判決を受けていた。毎回、病院から警察に通報があった。前回は妻をゴムボートのパドルで殴った。そのときは執行猶予になった。再犯ということで今回は未決勾留され、有罪判決が言い渡されれば、執行猶予は取り消される。

「夫は酒を飲むと、人が変わってしまうんです」女はいった。「普段はいい人なんです。でも酒が夫をだめにしました」

今回の事件が起きた日、夫婦は家庭菜園でバーベキューをした。隣人もいっしょだった。女はソーセージをグリルした。夫は屋外のテーブルで隣人と食事をしていた。おしゃべりに興じ、ビールを飲んだ。女は台所にパンを取りにいき、それからまたバーベキューコンロの前に立った。そのとき〝奇妙な感覚〟に襲われたという。

「夫のしゃべる声が聞こえ、突然ソーセージなんてどうでもよくなったんです。ソーセージがはじけ、脂《あぶら》がしたたり落ち、黒焦げになるのを見ていました。夫がやってきて、バーベキューもできない馬鹿なのかと怒鳴り、わたしの後頭部を殴りました。わたしにはもうどうでもいいことでした。殴られたことにも気づきませんでした。なにもかもどうでもよくなっていたのです。夫はバーベキューコンロを蹴倒しました。炭がコンロからこぼれて、わたしは足を火傷しました。隣人が車で病院に連れていってくれました。夫はついてきませんでした。ちょっと傷が残っただけですみました。たいしたことはありません」

裁判官は病院の救急医療報告書を朗読した。

「はい、そのとおりです」と女は認めた。

裁判官はカタリーナともうひとりの参審員に、質問はあるかとたずねた。もうひとりの参審員は首を横に振った。カタリーナは顔から血の気が引いていた。胸が苦しく、声がなかなかだせなかった。

「なにもかもどうでもよくなったとき、なにを考えましたか？」カタリーナはたずねた。

女は顔を上げ、カタリーナを見た。すこし間を置いてからいった。

「車です。はじめて買った車です。わたしたちは若く、結婚してまだ六ヶ月でした。中古車販売業者から買いました。とても高かったので、分割払いにしました。空色のフォルクスワーゲン・ビートルのカブリオレ。クロームのバンパー。納車された最初の日、夫といっしょにガソリンスタンドで洗車し、掃除機をかけ、車体をみがきました。それからわたしたちは眠って、翌朝窓辺に並んで立ち、路上で日の光を浴びて輝く車に見惚《みほ》れました。夫はわたしの肩に腕をまわしました。そのことが脳裏に浮かんだのです。あのときは夫を幸せにしたいと思いました。すてきな人生を過ごし、ずっと連れ添いたい、と」

カタリーナは女を、女はカタリーナを見た。カタリーナは泣きだした。証人の物語はカタリーナ自身の物語だった。女の人生がよくわかった。すべては孤独ゆえ。だから泣いたのだ。だれひとりなにもいわなかった。

弁護人が立ち上がった。「緊急動議をださなければなりません」といった。裁判官はうなずいた。公判は一時間中断することになった。


控え室で裁判官から聞かされた。偏《かたよ》った判決が下される恐れがあるため、弁護人はカタリーナの公判手続き参加を拒否することになる、と。この動議が承認された場合、今回は予備参審員がいないため、刑事訴訟手続きは中止されるという。裁判官はすわった。疲れた顔をしていた。

「謝罪できますか？　申し訳ありませんでした」カタリーナはいった。

「手遅れです」裁判官はいった。「コーヒーでも飲んで、一服してください」

カタリーナともうひとりの参審員は、裁判所内の食堂へ行った。

「こういうこともあります。気に病むことはないですよ」ともうひとりの参審員がいった。だれかが受け皿とカップをサービスワゴンに置いていた。

「もうここにはいたくありません」カタリーナはいった。

ふたりは階段を下り、廊下を抜けて、外の通りに出た。

公判が再開されると、弁護人が立ち上がって、動議を朗読した。裁判官が感情を持ち、それをあらわにすることは許される。法は罪を裁くのが機械ではなく、人間であることを求めている。しかし今回、公判手続きへの参加を拒否される参審員は、激しく反応しすぎた。中立で不偏不党であるべき、先入観にとらわれない第三者とはいえない。弁護人はたくさんの判例をあげた。複雑な動議だった。弁護人はカタリーナを何度も〝公判手続きへの参加を拒否される参審員〟と呼んだ。

控え室で、カタリーナは始末書を書かされた。

「三、四行でいいです。公正でなかったと認める文章。ただし真実でなければなりません」と裁判官からいわれた。日の光が縦長の窓から差し込んだ。もうひとりの参審員は、プラスチックのカップに注いだコーヒーを飲んでいた。

〝弁護人のいうとおりです。わたしは公正ではありませんでした〟とカタリーナは書いた。

被告人は勾留を解かれ、釈放された。四ヶ月後、女は夫にハンマーで頭を打ち砕かれ、病院へ搬送《はんそう》中に死亡した。新聞に彼女の写真がのった。

カタリーナは裁判所に長い手紙を書いた。参審員の名簿から抹消し、この名誉職から解いてほしいという嘆願書だった。

裁判所はその嘆願を却下した。

逆　さ

Die falsche Seite

駅から湖畔までは遠くなかった。ふたりはそこで一日過ごすつもりだった。はじめはハエがうるさいだけだった。

「待った」彼はそういって、彼女の手をつかんだ。男がうつ伏せになって倒れている。ふたりは声も出なかった。黙っていても、なにも変わらなかった。熱気がまだあった。明るい色の草と風。ひとつひとつの細部が鮮明に記憶に残った。死体の髪が黒く顔に張りついていたこと。ハエが青緑色で、せわしなく飛び交っていたこと。

†

シュレジンガーは昔、腕のいい弁護士だった。「刑事弁護はダビデがゴリアテと戦うようなものだ」というのが口癖だった。いつも自分は正しい側にいると信じていた。

長いあいだ順調だった。法律事務所を開設し、成果を上げ、しだいに大きな事件の弁護を依頼されるようになった。それから、ひとりの男の弁護をした。男は自分の子どもを虐待した罪に問われていた。男は無罪を言い渡された。証拠不充分だったからだ。男は家に帰ると、二歳の息子を洗濯機につっこみ、スイッチを入れた。

シュレジンガーは酒浸りになった。しかし経験豊富だったし、裁判官や検察官と知り合いだったので、しばらくのあいだ、身を持ち崩したことに気づかれることはなかった。公判の休憩時間に、彼は隠し持っていた小瓶の薬用酒をトイレで飲んだ。依頼人たちには、助けだしてみせると嘘をついた。無罪放免になる、減刑されると保証した。依頼人は彼を信じて、弁護料を支払った。それまで評判がよかったし、無罪にすると約束する弁護士を信じたかったから。シュレジンガーは請求書をださず、税金もまともに納めなかった。公判が思うような展開にならず、重い刑が科されると、彼は隠しごとをしたからいけないと依頼人をなじった。しばらくはそれでもなんとかなった。しかし、そのうちだれも彼の口車に乗らなくなった。裁判で負けてばかりだったし、朝から酒臭かったからだ。

シュレジンガーの妻は長いあいだ我慢した末、家から出ていけといった。彼はそのとおりにした。ふたりの子どもは妻のところに残った。妻から離婚届がとどいたときも、自分がだめになったことをだれのせいにもしなかった。そういうことは決してしなかった。

シュレジンガーはささいな事件を扱って糊口《ここう》をしのいだ。隣人とのいざこざ、酒場での喧嘩、麻薬犯罪。依頼人になった密売人は、ヘロインの小袋を口に入れていて、警察に追われたとき飲み込んだ。夜は薄汚い中華料理店で過ごした。ほとんど毎晩のようにその料理店の奥の部屋でトランプ遊びに興じた。以前、ギャンブル依存症の人間を何人も弁護した経験がある。神経質で過剰反応する、大人になりきれない連中だった。連中がどうしてギャンブルにはまるのか、今の彼ならよく理解できた。ギャンブルの世界のきまりは、シンプルで明快だ。ギャンブルがつづいているかぎり、その部屋とトランプだけがすべてで、他の世界は存在しなくなる。

中華料理店ではいつも、ひとりかふたりプロのギャンブラーが席についた。シュレジンガーは勝てっこないとわかっていた。あとになって頭がさえたとき、あるいはすっかり酔っ払ったとき、自分が他のギャンブル依存症患者とおなじだと気づいた。彼は負けたいのだ。

シュレジンガーは以前ハンサムだった。女の気を引いたが、今は十五キロも体重が落ち、スーツがだぶだぶになった。普段は法律事務所のソファで眠り、給湯室の奥の浴室でシャワーを浴びるようになった。秘書はとっくの昔に解雇していた。自分は自堕落な人間だと思っていた。

シュレジンガーはそれでもまだ、捜査判事の手元にある刑事弁護士名簿に名を連ねていた。三ヶ月ごとに待機業務をした。だれか逮捕された者に弁護士がついていないときのため、連絡がつくようにしていなければならない。携帯電話が鳴ることはめったになかった。鳴ったとしても、金にならないつまらない事件ばかりだった。しかし、その夜はちがっていた。電話口の捜査判事は、殺人事件だといった。被疑者は、夫を射殺した疑いがあるという。捜査判事は二日前、殺人容疑で逮捕状を発付し、被疑者は昨晩逮捕され、一時間したら捜査判事のところに連れてこられることになっているという。被疑者には国選弁護人が必要だ。シュレジンガーは、行くと答えて受話器を置いた。

彼は時計を見た。深夜の一時半だった。服を着たまま眠っていた。シャツには煙草の灰がびっしりつき、床には空き瓶が何本も転がっていた。浴室に入ると、冷水のシャワーを浴びた。脱ぎ捨ててあった服の中からズボンを見つけた。シャツは新しい替えがなかったので、丸首セーターを着た。事務所の二軒隣にあるマクドナルドで紙コップ入りのコーヒーを買い、タクシーを手招きして、トゥルム通りの刑事裁判所へ向かった。

その捜査判事は二十年来の知己だ。ふたりは被疑者が来るのを待つあいだ、昔の事件を話題にした。捜査判事はきまって文句をいう。警察はいつも真夜中に被疑者を連れてくる、と。

「先に面談してください、シュレジンガー弁護士」捜査判事はいった。「そのあと片付けましょう。どうせ見込みはありません。逮捕状を持っていって話したらいかがです」

廷吏はシュレジンガーと共に低いドアをくぐり、急で狭い階段を下りた。刑事裁判所は拘置所と無数の法廷を結ぶ薄暗い通路でできた巨大な迷路だ。裁判所の人間から〝地下墓《カタコン》所《ベ》〟と呼ばれている。女性の廷吏が待機房のドアを開けた。内部は息苦しかった。汗と料理と冷めた煙草のにおいがした。壁には囚人が描いたいかがわしい絵やさまざまな言語のいたずら書きが残っていた。シュレジンガーはその待機房をよく知っていた。ここには何百回も入った経験がある。

シュレジンガーは女に身分を名乗って椅子にすわった。逮捕状に目を通していたので、相手が四十三歳であることを知っていた。女の目は薄緑色で、ベージュの服を着て、黒い靴をはいていた。

「殺していません」女はまるで天気の話でもするようにいった。

「なるほど。しかしそう主張すればいいというものではありません」シュレジンガーはいった。「問題は検察が裁判所を納得させられるだけの証拠をだせるかどうかにかかっています」

「家に帰れますか？」女はたずねた。

ここにいるべき人ではない、とシュレジンガーは思った。だが、そもそもだれが好き好んでこんなところに入るだろう。

「むずかしいでしょう。捜査判事は一昨日、調書を受け取り、あなたに対する逮捕状を発付しました。ですから、あなたは逮捕されたのです。これから捜査判事の部屋に呼ばれます。逮捕状が朗読され、なにか言い分があるか、たずねられるでしょう。疑いがすぐに晴れなければ、公判まで勾留されることになります」

「なにをいえばいいんですか？」

「当面なにもいってはいけません。わたしたちは捜査がどうなっているか、まだ知りません。調書を手に入れたら、拘置所にあなたを訪ねます。いっしょに調書を読み、なにができるか考えます。今のところ、話すのは危険です。警察で自供しましたか？」

「ええ、知っていることはあらいざらい話しました。わたしは無実です」女はシュレジンガーを見た。それから気づいた。「みんな、そういうんですよね」

「ええ、みんな、そういいます。そんなことをいっても、ここではだれも心を動かされません」

ふたりが話していると、廷吏が待機房に入ってきて、「時間だ」と告げた。


捜査判事は女の氏名を確認し、逮捕状を朗読してから被疑者に対する捜査の現状をかいつまんで教えた。捜査判事のしゃべりは単調で、早口だった。

「ご主人の死体はふたりの若者によって湖畔で発見されました。後頭部を撃たれて殺害されていました。ピストルが死体のそばに落ちていました。ご主人の脳内から摘出された弾丸がそのピストルから発射されたものかどうかはまだ特定されていませんが、武器鑑定人の暫定的所見によると、その可能性は大とのことです。ピストルはあなたが所有していたものですね。あなたは警察でそう説明しています。お父さんの遺品だということですね。発見されたそのピストルと、弾倉内の弾薬と、草叢《くさむら》に落ちていた薬莢《やっきょう》から、あなたの指紋が検出されました。あなたが住む集合住宅で捜査官が聞き込みをしました。住人は全員、あなたとご主人が激しい夫婦喧嘩をしていたと証言しています。怒鳴り声が大きくて、管理人に苦情をいった住人もいました。ご主人は死ぬ二週間前、八十万ユーロの生命保険に入っていますね。受取人はあなたです。あなたには推定される犯行時刻にアリバイがありません。あなたはひとりで自宅にいました。警察にはそう証言していますね」

捜査判事は間を置いた。調書を閉じ、面と向かって被疑者を見た。

「まとめると、あなたには動機と機会と武器があります。そしてアリバイがありません。黙秘してもけっこうですが、もちろん言い分を述べ、証拠調べを申し立てることもできます。おそらくすでに弁護士と話し合っていると思います。どうなさいますか？」

「わたしの依頼人は黙秘します」シュレジンガーはいった。

「いいでしょう。では逮捕状はこのまま執行されます」捜査判事はいった。

「未決勾留の免除を申請します」シュレジンガーはいった。「依頼人は前科がなく、人生の半分をこのベルリンで暮らしています。ここに自宅があり、アパレル企業のバイヤーとして十二年働いています。保釈してもらい、身分証明書を……」

「だめです、シュレジンガー弁護士」捜査判事が口をはさんだ。「被疑者が警察でおこなった供述によると、国外に近親者が何人もいます。両親はアメリカに住み、娘はイタリア在住。罪の重さを考えると、逃亡する恐れがあります。未決勾留免除の申請は却下します」

捜査判事の隣で小さな机に向かっていた書記官が、コンピュータに捜査判事の言葉を打ち込んだ。

「他に申請することはありますか、シュレジンガー弁護士？」捜査判事はたずねた。

「口頭による勾留審査とわたしの国選弁護人就任を申請します。それから調書の閲覧を申請することも追記しておいてください」

「記録したかね？」書記官がうなずくと、捜査判事はさらに口述した。「決定し告知する。シュレジンガー弁護士は本刑事訴訟手続きにおいて被疑者の弁護人となる」書記官は印刷し、捜査判事が署名した。

「すでに担当検察官に話してあります」捜査判事はシュレジンガーにいった。「このまま調書を持っていってけっこうです」捜査判事は廷吏の方を向いた。「では被疑者を連行してください」


「ひと言いいですか？」シュレジンガーとふたりだけになると、捜査判事がいった。

「もちろんです」シュレジンガーはいった。

「長い付き合いです。だから気を悪くしないでほしいのですが、なんとも風采があがりませんね。それに酒臭い。しっかり睡眠をとって、まともな食事をした方がいいですよ」

「わかりました。ありがとうございます」シュレジンガーは調書を腕に抱えると、別れを告げ、タクシーで事務所にもどった。未明の三時半になっていた。

事務所の玄関前に男が立っていた。見覚えがある。名前はヤセル。しゃれた身なりのアルジェリア人。集金人を生業《なりわい》にしているゴロツキだ。シュレジンガーは何年も前に彼の弁護をしたことがある。ヤセルは当時、あるクラブで三人のロシア人ボディガードに全治数週間の重傷を負わせ、起訴された。三人ともヤセルの倍は図体が大きく、ナイフとスタンガンとバットを所持していた。ヤセルが手にしていたのはボールペンだけだった。ヤセルが先に手をだしたというクラブの客の証言から、彼は勾留された。だが驚いたことに、その後の裁判でロシア人三人組が自分たちから喧嘩をしかけたと述べ、おかげで、ヤセルは無罪放免になった。

「やあ、ヤセル」シュレジンガーはいった。

「悪いね、弁護士先生」ヤセルはいった。薄い革手袋をはめている。「中国人に頼まれた。わかってるだろう」

「ああ」

「借金を返せるか?」

「返せない」

「飲んでるのか?」

「飲んでる上に、裁判所に出向いていた」

「痛い目を見るぞ」ヤセルはそういってから、シュレジンガーの腹部に拳骨をたたき込んだ。シュレジンガーが腹を抱えると、すかさず膝蹴《ひざげ》りをした。シュレジンガーの鼻がつぶれた。同時にヤセルは脇腹に拳をたたき込んだ。シュレジンガーは床に沈んだ。

「すまねえ」ヤセルはいった。

「ああ」シュレジンガーはいった。顔は血だらけで、鼻骨が折れていた。これだけではすまないことはわかっていた。ヤセルは写真を撮り、中国人のところに送る必要がある。連中は疑り深く、どんなことにも証拠を求める。ヤセルに顔を蹴られ、シュレジンガーは気を失った。


シュレジンガーは事務所のソファで目を覚ました。顔には、タオルにくるんだ氷が当ててあった。溶けた水が耳を伝い落ち、セーターの胸元を濡らしていた。ヤセルが給湯室からコーヒーを持ってきた。椅子をソファの近くに持ってきて、シュレジンガーのそばにすわった。

「あんたの事務所、散らかってんな」

シュレジンガーは体を起こそうとしたが、できなかった。

「そのまま寝ていろ」ヤセルはそういって、コーヒーを飲んだ。「おれはあんたが好きなんだ、弁護士先生。だけど、金は払わないとな。中国人から、つぎは歯を一本折ってこいっていわれてる。そうやってどんどんエスカレートしていく。足の指、手の指、手って感じでな。わかってんだろ……」

「わかっているとも、ヤセル」

「このあいだ観た映画で、自分のものなど一切ないって台詞が連発されてた。わけがわかんなかった。人生は自分のものだろう。おれは、あんたの人生につべこべいう気はない」

「わかっている」

「金は用意できるか？」

「たぶん」

「猶予は一週間だ。わかったか？」

シュレジンガーはうなずいた。

「復唱しろ」

「一週間」シュレジンガーはいった。また気を失いそうだった。

「酒はやめなくちゃな」ヤセルは腰を上げ、コーヒーカップを椅子の上に置いた。

シュレジンガーは目をつむった。

「あんたのデスクに調書を置いておいた。あんたが気絶してるあいだに覗いた」

ヤセルはまともに字が読めないはずだ。頭は切れるが、学校に行ったことがなかった。

「あれは逆さだ」ヤセルはいった。

なにをいっているのかちんぷんかんぷんだった。シュレジンガーは眠りたかった。ヤセルはコートを着た。

「金ができたら中国人のところへ持っていけ。さもなかったらおれに電話をしろ。電話番号は知ってんだろう」

ヤセルが出ていき、ドアを閉める音が聞こえた。シュレジンガーは眠りに落ちた。


次の日の朝、シュレジンガーは病院の救急外来に駆け込んだ。頭部と胴体と腎臓をレントゲン撮影された。運がよかった、と医者からいわれた。鎮痛剤を処方され、鼻と眉間《みけん》の裂傷がテーピングされた。

シュレジンガーは質屋に寄って、結婚十周年の記念に妻が買ってくれた腕時計を質入れした。そのあと中華料理店へ行き、借金を清算した。店主は金を三度数えてからしまうと、シュレジンガーに証文を返した。

「また来てください。いつでも歓迎します」

シュレジンガーはソファで横になり、その日の残りを過ごした。日が暮れると、起き上がり、デスクに向かって調書を読むことにした。目の前の文字がかすむ。人生がたやすく転落することをシュレジンガーは知っていた。今回の依頼が最後の機会だ。たまたま国選弁護人になっただけだが、恰好の事件だ。勝てる。鎮痛剤を二錠のむと、古いジーンズをはき、Tシャツを着て、朝の五時まで事務所の片付けをした。酒は流しに捨て、事務所の各部屋のゴミを集めて、大きなゴミ袋五つをゴミコンテナに運んだ。床に掃除機をかけ、浴室と給湯室をみがき、汚れた衣類をトランク二個に詰めて、クリーニングにだした。それからデスクに山積みになっていた書類を整理し、二、三時間ソファに横になった。


次の日、シュレジンガーは拘置所を訪ねた。依頼人は彼の顔を見てぎょっとした。彼は自動車事故にあったが、たいしたことはないといった。それから依頼人のために調書を読み上げた。どこをどう見ても、依頼人に不利だ。夫は借金漬けで、株取引もオプション取引も裏目に出ていた。銀行からの融資も望めず、住居は高額の抵当に入っている。

「夫は経済的に破綻《はたん》したことに耐えられず、商売の重圧に打ちひしがれていました」と依頼人は明かした。「そのせいで喧嘩が絶えませんでした。ピストルはたしかに父親の遺産です。手入れの仕方は父親から教わっていました。父親の死後、ピストルを数回清掃し、寝室の引き出しに保管していました。そのことは警察にもいいました。それ以上は知りません」

コピーショップでシュレジンガーは調書の写真を拡大コピーして、事務所の壁に貼り、何時間もにらめっこした。ヤセルがいったことに合点がいかなかった。しまいには暗記してしまうほど何度も調書を読みかえし、状況証拠に穴がないか探した。あれば弁護の糸口になる。なんらかの突破口。三週間後、シュレジンガーは断念した。外はめっきり寒くなっていた。どんよりとしたベルリンの冬がはじまったのだ。シュレジンガーはコートを着て、中華料理店に足を運んだ。またギャンブルをし、酒に溺《おぼ》れ、自分が何者であるか忘れようとした。

中華料理店のドアの前にヤセルが立っていた。

「まさかまた入るつもりかい？」

「ああ」シュレジンガーはいった。

「性懲《しょうこ》りもなく、また音を上げたのか」

「犯人はわたしの依頼人だ。後ろから夫の頭を撃った。他に説明がつかない。裁判は負けだ」

ヤセルは首を横に振った。「あんたは馬鹿だね、弁護士先生。ついてきな」

「どこに?」

「食事さ。払うのはあんただけどな」

ふたりはヤセルのベントレーに乗って、クアフュルステンダム大通りでもっとも高い魚介料理専門のレストランに向かった。ヤセルはカキと白ワインを注文し、シュレジンガーは魚介のスープにした。

「ここのカキは新鮮で、めちゃくちゃうまい」ヤセルはいった。「店主は朝の三時に市場で買ってくるんだ。カキは好きか?」

「いいや」シュレジンガーはいった。

「それでも味見してみろ」

「断る」

ヤセルはカキを小皿に取り分け、シュレジンガーに差しだして「食え」といった。

「塩と魚と金属の味がする」シュレジンガーはカキを吐きだしたかった。

「白ワインが合う」ヤセルはいった。「今でも酒を飲むのか?」

「たいして飲まない」シュレジンガーはいった。

「そりゃ、いい」そういうと、ヤセルは黙って食べつづけた。食事がすむと、彼はいった。

「あれは逆さだよ、弁護士先生。簡単なことさ」

「前にもそういっていたが、どういうことだ。逆さってなんだ?」

ヤセルはすこし身を乗りだした。「食事代は払ってくれるよな?」

「ああ」

ヤセルは一時間後、シュレジンガーを弁護士事務所の前で降ろした。シュレジンガーはそのままソファに倒れ込んだ。この刑事訴訟手続きの弁護を引き受けてからはじめて十二時間ぶっとおしで眠った。

†

八ヶ月後、公判がはじまった。新聞各紙は詳しく報道した。報道機関は被告人が有罪だと決めつけ、検察官に何度もインタビューした。

検察側は、事件の前日に夫婦がスーパーマーケットで口論しているのを目撃したという証人を見つけていた。生命保険を契約した保険外交員は、夫が大きなプレッシャーを受けていて、神経質だったと証言した。捜査を担当した警官は、被告人がやたらと冷淡だったといった。精神鑑定人は、被告人に責任能力があると述べた。

シュレジンガーは公判のあいだ、依頼人の隣に静かにすわっていた。質問もしなければ、新たな申し入れをすることもなかった。

五回目の公判の朝、裁判長はいった。「証人喚問の名簿によると、今日は武器鑑定人しかいません。証拠調べはこれで終わります。訴訟関係者からさらなる証人喚問の申請はありますか？　どうですか、弁護人？」

シュレジンガーは首を横に振った。裁判長は眉を吊り上げた。

「いいでしょう。では武器鑑定人を呼んでください」裁判長は廷吏にいった。

武器鑑定人は証人席にすわり、本人確認がおこなわれた。裁判長は、真実をいわなければならないと告げた。

「手元の調書によると、あなたは科学捜査研究所に勤務していますね」裁判長はいった。

「はい、銃器の鑑定、弾道検査、武器および弾薬技術が専門です」

「あなたは今回の事件に使われた武器と弾薬を鑑定しましたか」

「はい、鑑定しました」

「武器について説明してくれますか？」

「凶器に使われたのはＦＮブローニングＨＰというピストルです。ベルギーのハースタルにあるファブリケ・ナショナル・デルスタル・ド・ゲール社によって製造されました。広く使われているピストルのひとつです。五十ヶ国以上の警察と軍で採用されています。一九三五年から量産されています」

「被害者の頭部から摘出された弾丸は、そのピストルから発射されたものですか？　そして現場で発見された薬莢は、このピストルおよび弾丸のものですか？」

「わたしはハイパワーを……」

「ハイパワー？」裁判長が口をはさんだ。

「このブローニングは、ハイパワーとも呼ばれています。名称のＨＰはその略です」

「ありがとう。つづけてください」

「わたしはこの銃器を全長四メートルの水槽に発射しました。こうすることで、異物と接触することなく発射弾丸を確保できるのです。その弾丸を事件現場で発見された薬莢および、被害者の頭部から摘出した弾丸と比較検証しました」

「比較検証はどのようにするのですか？」

「発砲すると薬莢に傷がつき、弾丸には線条痕が残ります。とくに線条痕は銃器の機構と銃身によって弾丸につきます。現代の銃身の内部はなめらかではないのです。弾丸がスピンして、より安定して飛ぶように、ライフリングという螺旋《らせん》状の溝がついています。これによってできる凹凸《おうとつ》が発砲後に弾丸から見てとれるのです。薬莢にも、底部に撃針が当たった痕《あと》、尾栓《ブリーチブロック》の痕、薬莢排出時の傷痕などが見られます。われわれはこうした痕跡を比較顕微鏡で異同識別します。それでも充分といえず、懸念が残る場合、走査型電子顕微鏡で検査します。しかし今回、その必要はありませんでした」

「今回の事件では、どのような結果が出ましたか?」

「被害者の頭部から摘出した弾丸および薬莢が、発見された銃器のものであることは確実です。お望みなら、詳しく説明します」

「ありがとう。わかりました。鑑定人になにか質問はありますか?」

検察官は首を横に振った。

「いいでしょう。では鑑定人の任を解きます」裁判長はいった。

「いいえ、まだです。いくつか質問があります」シュレジンガーはいった。

「お言葉ですが」裁判長はいった。驚いていた。「シュレジンガー弁護士、あなたはこれまで一切質問をされなかった。ですからてっきり……いや、いいでしょう。質問してください」

「拡大写真を二枚だしてもよろしいですか? その方が訴訟関係者全員が鑑定人の話についていきやすいと思いますので。写真ファイル十四枚目と十五枚目の写真です」シュレジンガーは写真を段ボールに貼りつけてパネルにしていた。

「どうぞ、そうしてください」裁判長はいった。

シュレジンガーは立ち上がると、二枚のパネルを画架にのせ、裁判官と傍聴人から見える位置に立てた。

「これは死体の後頭部で、ここから弾丸が撃ち込まれています」そういって、シュレジンガーは最初の写真を指差した。「証拠調べで医学鑑定人から、銃口を当てて発砲した典型例だと聞いています。射入口のまわりの皮膚《ひふ》に小さな黒い円が確認できます。医学鑑定人の説明によると、この円は発砲時、銃口から噴出した熱い硝煙によって生じるということでした。銃口が頭部に接している場合、あるいは数センチ離れたところにある場合、硝煙は射入口のまわりに付着する。それでよろしいですね？」

「そのとおりです」武器鑑定人はいった。「その写真を見るかぎり、銃口を当てて発砲したのはまちがいありません」

「これは武器鑑定人への質問ではありません」検察官がいった。「それにいみじくもあなたがいったとおり、医学鑑定人の領域です」

「待ってください」シュレジンガーはいった。「本当の質問はこれからです」

シュレジンガーは二枚目の写真を指差した。

「もう一枚の写真は、鑑識班が死体発見現場で撮影したものです。湖畔の芝生。この公判で聞いたように、芝生は当時、刈られる直前でした。死者はうつ伏せになって横たわっています。話についてこられますか？」シュレジンガーはたずねた。

「はい」武器鑑定人はいった。

「あなたは鑑定した際、これらの写真をご覧になりましたか？」

「いいえ。わたしの任務は弾丸と薬莢と銃器を鑑定することでした。鑑定する対象物は送付されてきます。写真は見ていません。わたしの鑑定に関係ありませんし」

「わたしもまったく関係ないと思います。あなたの質問とおなじで」検察官がいった。

「なにをいいたいのですか？」

「いちいち口をはさまないでいただきたい」シュレジンガーはいった。それからまた武器鑑定人の方を向いた。「この写真には、一、二という番号のついた小さな札が見えます。一はピストルが見つかった場所です。二は薬莢が見つかった場所です」

「写真を見るかぎり、それはわたしが鑑定したブローニングだと思います」武器鑑定人はいった。

「警察の報告書にもそう記載されています」シュレジンガーはそういってから、裁判長の方を向いた。「ピストルを手にとってもよろしいですか？」

裁判長は立ち上がって法壇の後ろにある棚へ行き、段ボール箱からピストルを取りだした。ピストルは透明なビニール袋に入っていた。

「鑑定はすんでいますが」裁判長はピストルを袋からだし、シュレジンガーに渡した。

「ありがとうございます」そういってから、シュレジンガーはピストルを武器鑑定人の前の机に置いた。「凶器はこれですね?」

武器鑑定人はピストルを手に取ってじっくり見た。

「はい、製造番号が同じです」

「鑑定人、わたしにはよくわからないので助けてほしいのですが、銃身の右側に開口部があります。これはなんですか?」

「それはいわゆる排莢口です」

「説明していただけますか?」

「発砲すると、ピストルの遊底が後退します。その際、エキストラクターという爪で空の薬莢が薬室から引っぱりだされ、固定した金属部、いわゆるイジェクターに当たって遊底から排出されます」

「つまり空の薬莢はピストルの側面から排出されるのですね?」

「はい、そういっていいでしょう」

「開口部は右側ですから、薬莢は右に飛ぶということでいいですね？」

「そうです」

「薬莢が排出されるときの速度と飛距離をご存じですか？」

「いいえ、それは実測する必要があります」

「なるほど。しかし薬莢は一メートルくらいは飛ぶといっても差し支えないですね？」

「まあ、だいたいそのくらいです」

「わかりました。専門書にもそう記述されています」シュレジンガーはゆっくりと大きな写真のところへ歩いていった。

「あなたの鑑定人としての指摘は、この写真で確認できます。排出された薬莢は、たしかにピストルから一メートルほど離れた芝生に落ちていました。どこにもぶつかることはありませんでした。ご覧のように、近くには樹木といった障害物が一切見られません」

「そうです」武器鑑定人はいった。

「しかしよく見てください。もう一度写真を見てほしいのです」シュレジンガーは声を低くした。裁判官も参審員も検察官も写真のパネルを見た。シュレジンガーは一瞬待ってからいった。「わかりますか？　薬莢が排出されたのは死体の右側ではありません。死体から一メートルほど離れていますが、それは左側です」

「それは……」検察官がつぶやいて、調書をめくった。

シュレジンガーは弁護人席にもどった。

「もしだれかが背後からこの銃を発砲したとしたら、薬莢は死体の右側に落ちていなければなりません」

「たしかにそうです」武器鑑定人はいった。

「では左側に落ちていた理由をどう説明しますか?」シュレジンガーはたずねた。

鑑定人は考えてからいった。「説明がつきません」

「しかし論理的に説明はつきます」シュレジンガーはいった。

「というと?」

「自分で撃ったのです」報道陣の席と傍聴席が騒がしくなった。裁判長はメモをとるのをやめた。全員の目がシュレジンガーに釘付けになった。

「そのときピストルを逆さに構えるというミスを犯しました。つまりグリップを上にしたのです。だから薬莢は左に飛んだのです。自分で後頭部を撃とうとしたら、他に構えようがありません。信じられないほどむずかしいことです」

シュレジンガーはあらためて間を置いた。武器鑑定人は目の前の机に置かれたピストルをふたたび手にとった。遊底を引いて、薬室に弾薬がないことを確かめてから銃口を自分の後頭部に当ててみた。たしかにグリップを上にするほかない。「そのとおりです」武器鑑定人はいった。「こういうふうに構えるしかありません」

「そういうことです」シュレジンガーは裁判官と参審員の方を向いた。「死んだ男性は他殺を装おうとしただけです。公判で明らかになった事実に鑑《かんが》みれば、動機は明白です。妻が生命保険金を手にすることを狙ったのです」

†

次の公判日にシュレジンガーの依頼人は無罪放免になった。警察は当初から殺人を前提にして、他の選択肢を調べるのを怠《おこた》った、と裁判長は非難した。

「このたびの刑事訴訟手続きは性急な推理のオンパレードによってゆがめられ、個々の証拠に異なった解釈が施されました。しかし現在ある証拠では、男性が自殺したことを排除できません」

検察官は、この判決に異を唱えて控訴することはなかった。

無罪が確定したあと、シュレジンガーはもう一度ヤセルを昼食に誘った。ヤセルは今回の刑事訴訟手続きがどうなったか気にして、細かいことまで知りたがった。

シュレジンガーは最後にたずねた。

「どうしてあんなにすぐ真相に気づいたんだ？」

「野暮なことを訊くなよ、弁護士先生」ヤセルはいった。

青く晴れた日

Ein hellblauer Tag

「被告人は自分の子を殺害した。当刑事部には疑いを差し挟む余地がない」と裁判官は判決理由で指摘した。「乳児が日夜泣きつづけ、被告人はそれに我慢できなくなった。被告人は四度にわたって乳児の後頭部を壁にぶつけ、乳児は脳挫傷《のうざしょう》で死亡した」

裁判官は乳児とか赤ん坊とか連呼したが、女は赤ん坊にちゃんと名前をつけていた。ヨナスとかケヴィンなどというよくある名前ではない。グラビア雑誌で見た美しい名前ライアン。

裁判官は着座したまま判決を言い渡す。法廷にいる人は全員、それが彼女の物語だと思うだろう。しかし真相はちがう。彼女はそれをいうわけにいかなかった。

裁判官はいった。「犯行に至った時点の被告人の状況については情状酌量の余地がある。夫は被告人と赤ん坊をふたりだけにし、その状況下で被告人には過度の重圧がかかった」

被告人は三年半の禁錮刑を言い渡された。大衆新聞は、判決が甘すぎると書き立て、彼女を〝恐るべき母親〟と呼んだ。

　検察側は控訴せず、刑は確定した。


　刑務所に酒はない。女は金がなかったので、煙草もやめた。刑務所では毎朝六時に起こされ、午前七時には作業がはじまる。ネジセットの袋詰め、プラリネ用ケースの糊《のり》付け、ゴムパッキンの取りつけ。女囚はみな、おなじ青い作業用エプロンを身につける。

　一年後、女は家具工房にまわされた。そこの方が性《しょう》にあった。女は裁判所と刑務所で使うベンチや机を工作した。女は手先が器用で、親方に気に入られた。

「ようやく頭の整理がつきました」と女は親方にいった。

　女はあるときクルミ材で小箱を作り、樺材《かばざい》の象眼《ぞうがん》細工をあしらった。その小箱は家具工房の展示コーナーで、みんなに見えるように前の方に置かれた。


　一年半後、女ははじめて一時帰宅が認められ、刑務所を出て、自宅で宿泊することが許された。女は、夜はここにもどりたい、と看守にいった。

　女はバスで市内に向かい、目抜き通りを散歩した。その日は青く晴れていた。あのときとおなじだ。ストリートカフェに人々がすわっている。商店のショーウィンドウを見て歩き、作業報奨金でシルクのスカーフを買った。刑務所の外がどんなに生き生きしているか、彼女は忘れていた。そのあと市立公園に足を延ばし、芝生でひなたぼっこした。腹這いになりひじをついて、散歩する人たちを見た。男の子がいる。四、五歳だ。自分の顔とおなじくらい大きなアイスを持っている。父親はその男の子の前にしゃがみ、ハンカチで男の子の口をふいた。

女は立ち上がって、シルクのスカーフを首からほどき、ゴミ箱に捨てて刑務所にもどった。

六ヶ月後、女は出所した。自宅に帰ると、夫がカウチにすわっていた。出所することを手紙で知らせてあったのに、夫は迎えにこなかった。彼女の手紙は台所のテーブルにのっていた。封筒は汚れて、ビール瓶の跡がついていた。

「なんで会いにきてくれなかったの?」女はたずねた。

夫はテーブルからライターを取ると、指でもてあそび、女を見ようとしなかった。

「テレビがうまく映らなくてな」夫はいった。

「そうなの」女はいった。

「パラボラアンテナがだめになっていた」夫は修理のことを話した。「新しいのを買ってきた」

夫はまだライターをいじっていた。

「これから取り付ける」といって立ち上がった。夫は新しいパラボラアンテナの箱をバルコニーに運びだして、開封した。つづいて台所から工具箱を持ってきた。ガーデンチェアを壁際に寄せて、それを台にした。足場としては低すぎた。夫は片足を椅子の背にのせ、もう一方の足をバルコニーの手すりにかけた。

「赤いドライバーをくれ」夫はいった。

「はい」

女は工具箱を漁って、赤いドライバーを夫に渡した。夫はドライバーで古いネジを壁からはずそうとした。

「固いな」夫はいった。

あのとき女は買い物に出ていた。わずか三十分の間隙《かんげき》。帰宅すると、夫は寝室にしゃがみ込んでいた。

「わざとじゃない。手が滑ったんだ」と夫はいった。「今度捕まれば終身刑になる。傷害事件と強盗事件の前科があるからな。裁判官がやることなんてわかっている」

女は死んでしまった子を膝《ひざ》に抱いてキスをした。かわいい顔をしていた。

「裁判の傍聴もしなかった」女はいった。

夫は上から見下ろした。シャツがズボンから出ていた。腹部にはびっしり毛が生えていた。

夫はあのときいった。

「おまえが罪を背負えば、すべて丸く収まる」

「罪を背負う」夫はそのときまで、そういう言い方をしたためしがなかった。そのことに気づくべきだった。

夫はドライバーでいろいろ工夫した。

「ネジ山がつぶれてる」夫はいった。「錆《さ》びてるな」

当時、夫はいった。

「刑は軽いはずだ。女性刑務所はそれほどひどくない。仲間ができて、家族みたいになれる」

「家族」女はその言葉を繰り返した。肝心のライアンは彼女の膝に抱かれて、死んでいたというのに。女はそのときまだ、夫が赤ん坊を壁にたたきつけたことを知らなかった。夫を信じた。

「わたしはほんとに馬鹿だった」女はいった。

そして椅子を蹴った。夫は口を開けた。無精髭《ぶしょうひげ》と黄ばんだ歯と、昔愛してやまなかった水色の瞳が目にとまった。夫は足をすべらせ、後ろに倒れて落ちた。五階だった。夫は地面のコンクリートに激突し、その衝撃で右心室の弁が破裂し、折れた肋骨が大動脈に突き刺さって内出血を起こした。女はゆっくり階段を下りた。歩道で夫の横にたたずみ、死ぬのを待った。

捜査を指揮したのは、最初の刑事訴訟手続きのときとおなじ検察官だった。上級検事に昇進し、口ひげを生やしていた。上級検事は、彼女が夫まで殺したと思った。

女は刑務所で知恵がつき、警官の質問に答えなかった。弁護士と話したいとだけいった。警官は彼女を留置場にもどした。

次の日、裁判所は勾留状を発付した。証拠は希薄だったが、裁判官は殺人課に時間を与えることにしたのだ。

警察は隣人に聞き込みをした。喧嘩をしていたと証言する者はいなかった。老人がひとり、バルコニーに女が立っているのを見たと証言したが、細かいところまではわからないといった。べつの目撃者は、地面に横たわる夫のそばで女が身をこわばらせていたと証言した。

法医学者の鑑定によると、死者はアルコールを摂取していて、傷はすべて落下によってできたものだった。「法医学的には、他殺を示唆《しさ》するものはひとつもありません」といった。

十日後、勾留審査がおこなわれた。女は弁護士のすすめに従って黙秘をつづけた。上級検事は、女の犯行だと確信していたが、証明できないといった。裁判官はうなずいて、勾留状を撤回した。

女は弁護士と共に部屋をあとにした。ドアの前で女は弁護士にすべてを打ち明けた。もう黙っていることができなかった。

「いわざるをえません」女はいった。あれは復讐だったのか、あるいは言葉にできないなにかだったのかわからないといった。心は痛まなかった。

「わかりますか」と女は弁護士にたずねた。

女は裁判所の表玄関まで弁護士といっしょに歩いた。女はベンチの前で足を止め、しゃがんで座面の裏を見た。

「これはわたしが作ったベンチです」女はいった。「とてもできのいいベンチです」

リュディア

Lydia

「いい人ができたの」マイヤーベックの妻はいった。日曜日の午前。冷凍生地を自宅で焼いたプチパンが一個、皿にのっていた。妻は手をつけなかった。マイヤーベックの方は腹が減っていた。妻は早口にしゃべるが、マイヤーベックは子どもの頃から吃音症《きつおんしょう》だった。彼がよどみなくしゃべれるのは、だれも聞いていないときだけだった。

今日はいっしょに湖に出かけてもいい、とマイヤーベックは考えた。妻はそこでグラビア雑誌を読み、彼は空を眺める。湖畔はいつもと変わりないはずだ。そのあとふたりでピザ屋へ行き、そこの庭で冷えたビールを飲む。

「もうなにをしても手遅れよ」といって、妻は泣きだした。ふたりは長くいっしょに暮らしすぎたのだ。マイヤーベックは立ち上がった。ズボンのポケットに手を入れ、台所の窓から外を見た。

四ヶ月後、マイヤーベックは引っ越した。新居は集合住宅の五階にあり、二間《ふたま》に台所、浴室、バルコニーがついていた。離婚した元妻は、貸主と話をつけ、銀行口座を替え、玄関の呼び鈴には新しいネームプレートを取り付けた。最初の夜、彼は台所の食器戸棚を開け、元妻が以前買ってくれた皿を見つめた。皿は何枚もあった。マイヤーベックは椅子に腰かけて、煙草に火をつけた。結婚前とおなじように。

†

新居から会社まではそれほど遠くなかった。その会社に勤務して十三年。電車で二駅、駅からはたいして歩かなかった。マイヤーベックのオフィスはサーバー室の横にあった。冷暖房付きだが、窓はなく、天井に明かり取りがあるだけ。彼は会社で一番優秀なプログラマだが、課長昇進の話を断った。人付き合いが苦手だったのだ。仕事の指示も文書でもらう方がよかった。

昼休みはいつも社員食堂に行くようになった。以前はクリスマスパーティのときくらいしか足を向けなかった。社員食堂は天井が高く、声や物音がよく響き、彼にはその音が大きすぎたのだ。夜はたいていファストフード店で食事をした。自宅ではテレビを観て過ごした。週末にはときどき映画を観にいった。湖に遠出することはなくなった。

四十五歳の誕生日に、元妻からショートメッセージをもらった。銀行からは型どおりに印刷されたグリーティングカードがとどいた。会社では、女性の上司がスーパーマーケットで買ってきたプラリネをくれた。上司はマイヤーベックに、寂しくないかとたずねた。

「マイヤーベックさん、いつもひとりなのはよくありませんね」そういわれたが、マイヤーベックは答えなかった。

†

日曜日の晩、マイヤーベックはテレビでラブドールについてのルポルタージュを観た。放送が終わる前から、ノートパソコンを起動し、インターネットでメーカーのホームページを探した。朝の五時まで、ユーザーが感想を寄せあうフォーラムを読みふけった。

次の日、彼は仕事に集中することができなかった。普段より早く退社した。自宅のノートパソコンで、新しいラブドールを何体も候補にした。顔立ち、乳房の大きさ、肌の色

（白色からココア色まで）、唇の色（アプリコット色、バラ色、ブロンズ色、自然色）、爪、目、毛髪の色もさまざまあり、性器の形状は十一種類。マイヤーベックは会社を病欠した。はじめてのことだった。数時間睡眠し、目が覚めたときラブドールの名前は決まっていた。リュディア。

八週間後、マイヤーベックは一日休暇をとった。昼下がりに荷物がとどいた。配送業者のタブレットに受け取りの署名を書き、段ボール箱を部屋に引き入れた。

ラブドールは白い布にくるまれていた。下着を身につけていたので、マイヤーベックはうれしかった。体重はおよそ五十キロと重い。マイヤーベックはラブドールを段ボール箱からだし、ソファに置くと、バスローブを取ってきてラブドールの肩にかけた。それから台所へ行って、ドアを閉めた。マイヤーベックは彼女に関する説明書をくまなく読んだ。骨格はスチール製だが、〝不自然に曲げることは禁止〟とあった。肌には定期的に薄くパウダーをつける。そうすることで、肌は〝柔軟〟で〝本物らしさ〟が維持できるという。

一時間後、マイヤーベックはリビングにもどった。彼はラブドールを見ようとしなかった。段ボール箱はたたんで、ゴミ捨て場に持っていこうとしたが、玄関で考え直して引き返し、テレビをつけた。

リュディアを迎えて十日後、マイヤーベックははじめて彼女と寝た。三週間後、インターネットで彼女のために衣服や下着、靴、ネグリジェ、ショールを注文した。そして彼女のそばにいたいがために、レストランで夕食をとらずにすむよう料理を覚えた。彼女とよく恋愛映画を観るようになった。会社にいても、彼女のことが頭から離れなかった。毎週月曜日には彼女に花を買って帰った。夜、彼は自分が体験してきたことを彼女に語って聞かせ、二、三週間経つと、彼女と話すとき、口ごもることがなくなった。マイヤーベックは体型を保つためトレーニングマシンを購入した。夜、彼女と寝るとき、彼は将来のことを話し、これから買おうと思っている家なら、人の目を気にせず日光浴ができるといった。

†

ある夏の穏やかな午後、マイヤーベックは路上でネクタイを取り、シャツの一番上のボタンをはずした。以前だったら絶対にしなかったことだ。数日前、リュディアのためにシャンパンと十二本のバラを買った。彼女の誕生日だった。彼のところへ来て、十二ヶ月が経ったのだ。すばらしい一年だった、と彼は思っていた。

バルコニーに通じる扉がこじ開けられていた。リビングにあるソファの背もたれにラブドールが横たえられていた。衣服は下着にいたるまで引きさかれ、頭部は百八十度ねじ曲げられ、足は股裂き状態になっていた。口とアナルと女性器には、燭台《しょくだい》に立てていた蠟燭《ろうそく》が突き刺してあった。リビングのテーブルに、彼女のために買った口紅で〝ヘンタイ野郎〟と書かれていた。

隣の男の仕業だ。このところ隣の男がよくテラスの手すりに身を乗りだして彼の住居を覗いていることに気づいていた。

マイヤーベックは蠟燭を取り除いた。リュディアの両足と頭をそっと用心しながら元にもどすと、医者のように彼女を触診し、骨格に折れたところがないか確認した。それから彼女を抱いて浴室に運び、バスタブに横たえて水を張った。彼はリュディアを二時間以上水に浸け、そのあいだやさしく話しかけた。柔らかいスポンジで彼女の体を洗い、開口部に水を注ぎ、水気をふきとったあと髪をとかしてドライヤーをかけた。彼はときどき浴室から出た。泣いているところを彼女に見られたくなかったのだ。それから彼女をバスタブからだし、タオルでふいて、ベッドに寝かせた。彼は彼女をやさしくなでながら、パウダーをつけた。それが終わると、ネグリジェを着せて、掛布をかけてやり、明かりを消した。

リビングへ行くと、マイヤーベックは引き裂かれた衣類と蠟燭をゴミ袋に入れた。口紅の痕《あと》が見えなくなるまでリビングのテーブルをごしごしふき、バルコニーに通じる扉にはクギを打ちつけた。

その夜、マイヤーベックはソファで眠った。何度か目が覚め、そのたびにリュディアの様子を見にいった。ベッドの横に椅子を置いてすわり、彼女の手を取った。

次の日の朝、会社に電話をして、休暇の申請をした。家族に不幸があったといった。それから数日、ずっとリュディアのそばで過ごした。寝室にテレビを持っていき、彼女に本を読み聞かせた。

†

四週間後、マイヤーベックの隣人が集中治療室に運ばれた。あばら骨が二本と左の鎖骨が折れ、睾丸《こうがん》を打撲し、左右の犬歯を折られ、右の眉毛の上に八針分の裂傷があった。救急医の報告書には、自宅で倒れている患者を隣に住む女性が発見し、通報した、と書いてあった。

警察は被害者の自宅に行き、集合住宅の住人に聞き込みをした。マイヤーベックの住居のベルを鳴らすと、彼はドアを開けたが、なにもいわなかった。黙って警官に血糊《ちのり》のついたバットを入れたビニール袋を渡した。警官はマイヤーベックを床に押さえつけ、手錠をかけた。彼は抵抗しなかった。危険はないと警官が判断して、マイヤーベックはようやくすわることを許された。寝室のベッドにラブドールが寝かされていた。マイヤーベックは警察分署に連行された。

一時間後、逮捕した際にいた女性警官がマイヤーベックの取り調べをした。彼には前科がなく、定職を持ち、離婚していることはすでに調べてわかっていた。バットはインターネットで買ったものだった。納品書が袋に入っていた。女性警官はマイヤーベックに時間を与えた。彼はひどく口ごもり、自分の名前もいえないほどだった。女性警官はラブドールの名前を訊いた。マイヤーベックははじめて顔を上げた。
「リュディア」といった。それからはスムーズに話ができるようになった。

検察はマイヤーベックを重傷害罪で起訴した。事件は参審裁判にかけられることになり、公判は事件から十ヶ月後にひらかれた。これからはひと言ひと言が大事だ、とマイヤーベックは思った。リュディアと話し合い、何度も何度も彼女の前で練習した。だが簡単なこともいえなかった。起訴状にまちがいはないか、と女性の裁判長にたずねられても、うなずくことしかできなかった。隣人は診断書を提出し、怪我のせいで出席できないといってきた。証人として出廷したのは、取り調べにあたった女性警官だけだった。警官は捜査時と取り調べ時のマイヤーベックの様子について証言した。

「被告人はすぐになにもかも自供しました。精神疾患があるとは思えません。ただ孤独なだけです」


裁判所は精神鑑定をすることにした。マイヤーベックが危険人物かどうか、裁判長は精神鑑定人にたずねた。

「異常です」精神科医はいった。「しかし人形を愛することは危険ではありません」

「よくあることなのですか?」裁判長がたずねた。

「この二十年、産業として成立しています。シリコン製の等身大の人形。骨格はスチールかアルミ。ラブドールの価格は三千五百ユーロから一万五千ユーロします。ロシア、ドイツ、フランス、日本、イギリス、アメリカ合衆国で生産されています。そのうちコンピュータが組み込まれて、話せるようになるでしょう。学問的要求に堪える代表的な研究は存在しませんが、文献によると典型的な購入者は独身者で、異性愛者。年齢は四十歳から六十五歳。ラブドールはたいていメーカーのホームページで自慰とセックスの対象として宣伝されていますが、所有者はしばしばラブドールと性的関係以上の繋がりを築きます。多くの人にとって、ラブドールは人生のパートナーとなるのです。日本では、本当の伴侶をえたとき、ラブドールの葬儀をおこなう人もいるそうです」

マイヤーベックは、女性の検察官が首を横に振っていることに気づいた。

「人形偏愛症、つまり彫像や人形に愛情を感じるのはフェティシズムです。ですからわたしたちは、生命のない物体への性的嗜好と呼んでいます」精神科医はいった。

「男性にはそれで充分なのですか?」女性の裁判長がたずねた。「人形は愛に応えることができないでしょう」

「愛し合うというのは非常に複雑な過程を経るものです。はじめはパートナー本人を愛するわけではありません。そのパートナーから作りあげたイメージを愛するのです。ふたりの関係に危機が訪れるのは、現実が見えてしまったときです。つまり相手がじつはまったくちがう人間だと気づいたときなのです。アメリカ合衆国では、ごく普通の、自立した女性と受刑者のあいだで結婚が成立するケースが多く見られます。その女性たちはたいてい新聞の結婚募集広告で知り合います。ですから相手と一生いっしょに暮らせないかもしれないことを承知しています。それでもその関係は強固です。被告人の場合とおなじ現象です。女性から受刑者へ向けた愛情は現実にさらされないのです。被告人と人形の関係も現実のものとはなりません。おそらくそれゆえに、被告人の愛情は、強固なものとなるのです。幸福な関係が長期につづくわけです」

マイヤーベックは禁錮六ヶ月の有罪判決を受けた。執行猶予付きだった。「だれにでも自分が納得できる生活を営む権利があります。他人に害を及ぼさないかぎり、国家はそこに関与しません」と裁判長はいった。「それでもわたしたちは、あなたの行為に判決を下さなければなりません。あなたの人形に対しておこなわれた損壊行為を、あなたがパートナーへの攻撃とみなしたことはわかりました。あなたの凶悪さは、妻を暴行された人の反応と大差ありません。しかしリュディアが本当の人間だったとしても、あなたの行為は正当化できません。正当防衛は攻撃されたとき、あるいはその直前にしか認められないのです。あなたの場合、隣人の攻撃から時間が経っていますから、もはや正当防衛法の範疇《はんちゅう》での防衛行動とはいえません。あなたが被害者に対しておこなったのは復讐に当たります。動機は理解できますが、わたしたちの法秩序はそれを容認しません」

†

自宅に帰ると、マイヤーベックはカーテンというカーテンをしめ、リュディアとふたりだけになった。有罪とはいえ執行猶予付きならそんなに悪くない、とリュディアにいった。それから裁判のこと、裁判長のこと、そして不安だったことを話した。だいぶ時間が経ってから、彼女の頭を腕に抱いた。「幸福な関係が長期につづく」という言葉を反芻《はんすう》した。マイヤーベックは正しいことをしたと確信していた。裁判長がなんといおうが、あれは必要なことだったのだ。

それからふたりは眠りに落ちた。

隣　　人

Nachbarn

朝、彼は目を閉じたまま妻の手を探った。二十四年間、ずっとそうやって朝を迎えてきた。別々に夜を過ごしたのは数えるほどだ。妻はいつもうつらうつらしながら夫の手をにぎり返した。赤ん坊とおなじような反応だった。

隣のベッドはもぬけの殻だ。寝ているあいだに、またしてもそのことを忘れていた。ブリンクマンは体を起こして照明のスイッチを入れた。エミリーは五十三歳のとき、ふくらはぎにシミを見つけた。皮膚《ひふ》がんだった。腫瘍《しゅよう》細胞のリンパ節、肺、肝臓への転移が認められる、と医者にいわれた。〝二次腫瘍〟と医者は呼んだ。手術の施しようがないという。一ヶ月後、妻は入院した。白い枕にのった妻の顔は、週ごとに小さくなっていった。死ぬ前に、妻はもう一度意識を取りもどした。ブリンクマンがベッドにかがみ込むと、妻は両手で彼の頭を包んだ。口はきけなかった。ブリンクマンには、妻の不安が見てとれた。

一時間半後、生命維持装置の警報が鳴った。看護師がふたり、妻のベッドを病室からだした。ベッドの角がドア枠にぶつかった。看護師からは、ついてくることはできないといわれた。それからしばらく、なにも起こらなかった。

朝、若い医師が病室にやってきて、「奥さんは亡くなられました」といった。安らかな死だったという。しかしそれは嘘だ。ブリンクマンは床頭台《しょうとうだい》にあった私物を赤と白のチェック柄のトランクに入れた。寝間着、化粧道具、ヘアブラシ。妻が一度もひらくことのなかった数冊の本。妻とその本の話をしたかった。はじめて暮らした住居では、ひとつのデスクを半分ずつ分け合って使った。おしゃべりに飽きることはなかった。

自宅に帰りつくと、ブリンクマンは郵便受けから郵便物をだした。妻のトランクと彼女宛の封筒を持って玄関にたたずんだ。なにか起きるのを待ったが、なにも起きなかった。傘立ての横の椅子にすわると、ブリンクマンは娘たちに電話をかけた。娘たちはすぐに行くといったが、その必要はない、だいじょうぶだ、と彼はいった。夜が白《しら》むまで起きていた。眠らずに、エミリーの帰りを待った。

二日後、もう一度病院で妻に会った。妻の顔にはもう張りがなく、美しくもなかった。苦悶の表情も、快活な表情も、やさしい表情も消え去っていた。エミリーがそういう自分を望んでいなかったので、ブリンクマンは彼女を火葬にした。死は膝《ひざ》を屈すべき神秘ではない、と葬儀のときに思った。それから何週間、何ヶ月経っても妻の声が聞こえた。なにもする気が起きなかった。

それから四年が経った。バスローブを着たまま台所でコーヒーをいれ、カップを持って庭に出た。まだ暗かった。ブリンクマンはコンテナ船やモーターボートの揺れる光を見た。そのあとシャワーを浴びていて、めまいに襲われた。落ち着くまで壁にもたれかかり、目を閉じた。ブリンクマンは髭をそり、身支度を調えて、靴をみがいた。この世から自分だけが取り残されているような不安を覚えた。

コートを着ると、ブリンクマンは鍵を持って家を出た。キオスクではカウンターに年老いた女の店主がすわっていて、編み物をしていた。その店主を見るたび、エミリーは子どもや孫やひ孫の戸棚が編み物でいっぱいのところを想像しておもしろがっていた。

ブリンクマンはキオスクで新聞と煙草を買った。道路ではオープンカーがゆっくり彼のそばを走りすぎていった。助手席の若い女は窓ガラスに頭をあずけて眠っていた。運転している男は女を起こさないように気を使っている、とブリンクマンは思った。おそらく田舎の祭りでも見にいっての帰りだろう。夜が白む頃に出発して、これから彼は彼女をベッドに運ぶのだ。ブリンクマンの胃がきゅっとすぼまった。ブリンクマンは川岸までつづく長い階段を下り、立ち並ぶ二階建ての家やきれいな前庭の前をカフェまで歩いた。カフェで軽い朝食を注文し、それから二時間、新聞に読みふけった。ときおり隣の席のカップルを見た。男はスマートフォンをしきりにタップし、女は川面を見ていた。子どもの頃から、ブリンクマンはここによく来た。当時は父親に連れられてきた。日が暮れると、舵取《かじと》りやボートの漕ぎ手がこの川岸で食事をしたり、酒を酌《く》み交わしたりしたものだ。ブリンクマンは代金を払うと、家に帰った。いつものように百三十六段数えて上の道路に上がった。上に着いたとき、息が上がった。これから一日を過ごさなければならない。味気ない、空っぽの一日。エミリーが死んでからずっとそういう日がつづいていた。

†

娘たちが誕生日の祝いに、カリブ海クルーズのチケットを買ってくれた。ブリンクマンは上船したものの、なにをしたらいいかわからなかった。指導員《アニマトウール》による催し物、ウォータースライダー、巨大なホールでのディナー、なにもかもいただけなかった。結局、ほとんどの時間を自分のキャビンで過ごした。誕生日に船のスタッフが彼の食卓を花とプレゼントで飾った。気恥ずかしかった。女性から声をかけられることもあったが、いっさい関わりを持たなかった。

クルージングからもどると、隣の家が売れていた。ガレージの前に深緑色の車が止まっていた。一九六〇年代のジャガーのオープンカーだ。数日後、新しい隣人が彼のところに挨拶に来た。彼女は名前だけ名乗った。アントーニア。彼女は焼き菓子を持ってきて、「自分で焼きました」といった。ブリンクマンは彼女を家に招き入れた。彼はコーヒーをいれ、ふたりして庭にすわった。

「このあたりに家が見つかってよかったです。エルプショセー通りの家はめったに売りに出ないので。わたしたち、ずっと探していたんです」アントーニアはいった。彼女は二度、ブリンクマンに触れた。前腕と手。彼はちゃんと話を聞こうとしたが、気持ちを集中させることができなかった。三十分後、彼女は帰っていった。背中に深いスリットが入った服を着ていた。庭木戸の前で彼女はもう一度振り返った。エミリーに似ている、とブリンクマンは思った。おなじように頬骨が張り、おなじように笑い、立ち居振る舞いまでそっくりだ。

「うちにもおいでくださいね。待っています」アントーニアはいった。

それから夏になった。隣の家のプールが改修された。照明がつき、プールサイドに明るい色の石のプレートが張られた。ブリンクマンは夜、テラスから青緑色に光るプールを見た。

その年最初の暑い日、高級食材店でエミリーが好きだった白ワインを二本買い、隣家のチャイムを鳴らした。アントーニアが出た。白いショーツに白いTシャツという姿だった。ブラジャーをつけず、脚は小麦色に日焼けして、すべすべしていた。

ブリンクマンははじめてその家に入った。一九二〇年に建てられたU字形の平屋で、中庭が川の方を向いていた。アントーニアは家の中を案内し、新しいプールを見せた。それからアイスキューブを入れたグラスを二客、台所から持ってきて、ふたりでワインを飲んだ。この人はなんて生き生きしているんだろう、とブリンクマンは思った。彼は半日陰にすわって、クルージングのことを話した。アントーニアはよく笑った。明るい、幸せそうな笑いだった。泳いでみますか、と彼女に誘われた。さっぱりして、いい気持ちだという。だが彼女に裸を見られたくない。胸毛が白いし、老人斑《ろうじんはん》がある。「塩素が苦手なんです」と彼はいった。

汗が眉毛にたまった。ブリンクマンは顔を洗うことにした。アントーニアはバスルームの場所を教えた。「左の三つ目のドアを開けて、その先の廊下の奥です」

洗面台の棚には香水の小瓶、シチリアのグリセリン石鹼《せっけん》、大きな貝殻が並べてあった。ブリンクマンは貝殻の内側を指でなでた。ピンクでつるつるしていて温かだ。洗面ボウルに頭をつっこみ、気分がよくなるまでうなじに冷水をかけた。庭にもどると、彼女はプールの縁《ふち》に腰かけて、足を水につけていた。日差しが耐えがたいほどだった。

「すてきな夏になりますね」そういうと、アントーニアは顔を上に向けた。

「そろそろお暇《いとま》しなければ」ブリンクマンはいった。

彼はそのあと、自宅のテラスから、プールに浮かぶ黄色いエアマットを見た。彼女は片手を水につけ、目をつむっていた。彼女の体はサンオイルできらきらしていた。

†

ブリンクマンは毎日のようにアントーニアを訪ねた。朝食はカフェでとり、昼は彼女のところを訪ねた。いつもなにかしらちょっとしたみやげものを持っていった。スイーツ、グラビア雑誌、本。ふたりは日中、プールサイドで過ごした。アントーニアは、訪ねてくれて話を聞いてくれるのがうれしいといった。彼女は自分の人生を語った。両親は大学の教員で、彼女は一人っ子。よく父親の話をした。父親はブリンクマンよりも若く、フィレンツェのルネサンスに関する定評のある学術書を執筆したという。彼女は幼い頃、よく父親と連れだってフィレンツェを歩き、美術館や教会で長い時間いっしょに過ごした。夫と知り合ったのは大学生のときだった。結婚して救われた、と彼女はいった。男たちにつきまとわれるのがいやだったのだ。結婚指輪が男たちから守ってくれるという。彼女は裸でプールサイドの石のプレートに横たわり、ブリンクマンはなにごともないかのように振舞った。暗黙の了解だ、と彼は思った。

アントーニアの夫が職場である広告代理店から帰ってくるのは、たいてい夜遅くになってからだ。帰るときにはきまって電話をかけてきた。ブリンクマンは彼女の夫と一度も会ったことがなかった。週末に夫が車の手入れをしているところをときどき見かけた。ガレージは自動車修理工場の様相を呈していた。ブリンクマンがそのことを話題にすると、あれが夫の娯楽だ、とアントーニアはいった。

†

夏の盛りに、アントーニアは一週間、両親のところに帰省した。彼女が出発して三日目にあたる日曜日、隣家の進入路にジャガーが止まっていた。車は二本のジャッキで持ち上げてあった。路面と芝生にさまざまな工具が転がっていて、前輪がはずされ、家の壁に立てかけてあった。隣人はエンジンルームの下にもぐりこんでいた。ブリンクマンには足と麻のサンダルしか見えなかった。

「おはようございます」隣人がいった。キャスター付きの板に乗って車の下から出てくると、立ち上がった。顔も手もオイルまみれだった。「握手はやめておきましょう」

飛行機の機長みたいだ、とブリンクマンは思った。

「話は聞いています。アントーニアは四六時中あなたの話をしていますよ。ようやくお会いできてうれしいです」隣人は車を指差した。「困った車ですよ。オイルパンに亀裂が入ってしまったんです」

「でもエレガントな車ですね」ブリンクマンはいった。「これで走るのは気持ちがいいでしょう」

「よい日曜日をお過ごしください。またお目にかかりましょう」隣人はふたたびキャスター付きの板に横たわると、エンジンルームの下にもぐった。

ブリンクマンはバンパーに足をかけた。クロームが日の光を反射してまぶしかった。全体重をバンパーにかけた。二本のジャッキが倒れて、車が男を押しつぶした。
「悲惨な死に方です。よくあることです」とあとで法医学者が捜査官にいった。胸にものすごい圧がかかり、血液が頭部と脚部に押しだされる。無数の毛細血管がはじけ、虫に刺されたように見える。顔はふくれあがり、どす黒くなる。ネジの頭や固定金具や鉄製の部品が皮膚に痕《あと》を残し、被害者は窒息死する。

ブリンクマンはきびすを返し、家にもどった。前庭のシャクナゲをなでた。エミリーが植えたものだ。シャクナゲにとって秋は最高の季節だ、とエミリーは昔いっていた。

†

埋葬は二週間後にとりおこなわれた。ブリンクマンがエミリーの葬儀をおこなったのとおなじ教会だ。喪服も前とおなじだった。ブリンクマンはアントーニアの後ろにすわった。彼女は何度も彼の方を振り返った。

それから数週間、ブリンクマンは彼女のことを気にかけた。役所の手続きを手伝い、彼女を車で市内に送っていき、彼女の心を慰《なぐさ》めた。それからいっしょに夕食をとるようになった。彼女はしきりに亡くなった夫の話をした。春になるとブリンクマンは、いっしょにサルデーニャ島に行かないかと誘った。彼は海に面した家を借りていた。

「ひとりでいるのはよくないですよ」

ブリンクマンに捜査の手が伸びることはなかった。警察の報告書は結局、事故で片付けられた。きっといつか、何年も経ったある夏の午後、ブリンクマンは顧問弁護士にあのときのことを打ち明けるだろう。だが後悔はしていないし、罪の意識もない、夜中もよく眠れるし、すこしも心が痛むことがない、というはずだ。それからテラスの扉が開いて、アントーニアがたずねるだろう。「プールに入らない？　気持ちいいわよ」

小　男

Der kleine Mann

シュトレーリッツは四十三歳。未婚で、子どもはいない。彼は小柄だ。小さな手に小さな足、そして小さな鼻。五センチ底上げをした特殊なシークレットシューズをはいている。リビングには小男の伝記をコレクションしている。ナポレオン、カエサル、ムッソリーニ、マルキ・ド・サド、カント、サルトル、カポーティ、カラヤン、アインシュタイン。小男に関する研究書にもくまなく目を通していて、小男は寿命が長く、結婚生活も安定し、精巣腫瘍《しゆよう》にかかることもすくないと知っていた。有名人の身長も暗記していた。トム・クルーズ（一メートル七十センチ）、ダスティン・ホフマン（一メートル六十七センチ）、プリンス（一メートル五十七センチ）。ハンフリー・ボガート（一メートル七十三センチ）の映画はすべて観ていて、浴室の鏡にボガートの写真を貼っていた。お気に入りの映画『三つ数えろ』にボガートの身長をめぐるふたつのシーンがあるが、それも覚えていた。

マーサ・ヴィッカーズ「ちょっと背が低いのね」

ハンフリー・ボガート「努力はしたんだがね」

しばらくしてボガートは、はじめてローレン・バコールに会う。

バコール「あなたが私立探偵さん？　探偵小説にしかいないと思っていた。汗かきの小男。ホテルでもかぎまわる口ね。あまり見栄えがしない」

ボガート「すこし背が低いのでね。この次は竹馬に乗って、白いネクタイをしめ、テニスラケットでも小脇に抱えてこよう」

バコール「それが役に立つとは思えないけど」

この映画の中でも、ボガートは美女を我が物にする。だがバコールのいうとおりだ、とシュトレーリッツは思っている。役に立つとは思えない。女性の気を引こうとしてありとあらゆることをした。超高級車を買い、クラブに足繁く通い、シャンパンをはじめとした飲み物をおごってみたが、うまくいかなかった。女性は彼の招待を受けるが、他の男と消えてしまう。しばらくのあいだ教養のある女性を狙ったこともある。カルチャースクールで哲学や文学のコースを受講し、朗読会や劇やオペラに行ってみた。これもだめだった。四つの結婚相談所に同時に登録したこともある。写真が気に入られ、オンライン上では女性たちとうまく交流することができた。しかし身長を明かすと、見向きもされなくなった。身長を隠してディナーの待ち合わせをすると、相手の女性は会うなりがっかりした顔をする。やさしく接してはくれるが、そのうち思っていた人とはちがうといわれる。「身長のせいではありません。もちろんちがいます。なんというのか、気がのらなくて」そういいながらきまって哀れみのこもった目つきをする。それがくやしかった。

シュトレーリッツはベルリンのクロイツベルク地区に住んでいた。仕事はスーパーマーケットの副店長。住まいの家賃は安く、毎年クリスマス休暇の一週間はチロルで過ごし、夏は二週間テネリフェ島へ行く。すこしは貯金があり、四年前にBMWを買い、フィットネスクラブのメンバーになっていた。

シュトレーリッツは毎晩ほとんど欠かさず、アパートの向かいにあるトルコ・レストランで食事をする。その土曜日もそうだった。ラム肉のローストとサラダとビールを注文した。アタッシェケースからノートパソコンをだし、スーパーマーケットの一週間の発注データに目を通した。店主が料理を運んできて、すこしおしゃべりをした。シュトレーリッツはノートパソコンを閉じた。今日は他にすることもなかったので、ゆっくりと食事をした。食後にアニスで香りをつけたトルコの蒸留酒ラクを三杯飲んだ。

隣の席に、男がふたりすわっていた。このレストランでよく見かける客だ。ひとりはひどく太っていて、首に黒い狼の刺青《いれずみ》をしていた。もうひとりはのっぽで、ウールの帽子をかぶっている。ふたりは小声で話していた。のっぽがテーブルの下に置いたスポーツバッグを足で刺青男の方へ動かした。刺青男はそのバッグを持って立ち上がり、レストランから出ていった。細い通りを横切ると、シュトレーリッツが住むアパートへ行き、ドアの奥に消えた。数分後、刺青男はバッグを持たずにもどってきて、また席についた。ふたりは緊張しているように見える。刺青男は上着から電子煙草をだして吸いはじめた。十五分後、ふたりは勘定をすませ、路上でわかれを告げ、別々の方向に去っていった。

シュトレーリッツは長年クロイツベルク地区に住んでいたので、さっきのがなにか察しがついた。ふたりは彼のアパートをドラッグの隠し場所に使っているのだ。そういう場所は〝防空壕〟と呼ばれている。シュトレーリッツはラクをもう一杯注文してよく考えた。警察に通報すれば、事情聴取をされ、捜査ファイルに氏名が残る。スーパーマーケットの万引きで何度も経験済みだ。様子を見た方が無難だ。二、三日すれば、密売人が新しい隠し場所を探すだろう。それで一件落着だ。

シュトレーリッツはビールを飲み干し、支払いをすませた。そしてアパートにもどった。ソファに腰を下ろし、テレビのスイッチを入れた。映画を観たが、集中できなかった。懐中電灯を持って、地下室に下りてみることにした。物置を探ると板や建築資材のゴミやペンキのスプレー缶にまじって黒いバッグがあった。シュトレーリッツはバッグを開けてみた。袋が五つ。どれも一キロくらいの重さがあり、ラップにくるまれている。ガソリンと酢と湿った漆喰《しっくい》のにおいがした。シュトレーリッツは袋をバッグにもどして、しばらく思案した。アパートから出ると、ふたたびレストランに行き、客が自分だけになるまで待った。

店主がテーブルに来て笑いかけた。「まだなにか食べますか?」

「腹はすいていない」シュトレーリッツはいった。店主とはもう何年も顔見知りだ。

「なにか飲みますか?　とっておきのラクがあるんですけどね」

「ああ、頼む」

店主はラベルのない酒瓶をとってきて、シュトレーリッツのテーブルの向かいにすわった。二客のグラスになみなみ注いだ。

「自家製です。おふくろがこしらえました」店主はエプロンをはずして、空いている椅子にかけた。

「ごちそうさま」シュトレーリッツはいった。

ふたりは飲んだ。店主はさらに注いだ。

「仕事はどうです？」

「相変わらずさ」

「女は？」

「まあね」シュトレーリッツは肩をすくめた。店主は笑った。

「ちょっと訊いてもいいかな？」シュトレーリッツはいった。

酒が入って、胃がじんと温かくなった。

「なんです？」

「たしか数年前、ここで手入れがあったよな。ドラッグ絡《がら》みだって噂があった」

「なにも見つかりませんでしたよ」店主は立ち上がろうとした。

「もうすこしいてくれないか。話はほかでもない。あんたにしか相談できないことなんだ」

「というと？」

「コカイン一キロは今いくらで売れる？」

店主は眉を吊り上げた。

「品質によります。二から三のあいだ」

「二万ユーロということか？」シュトレーリッツはおどろいた。

「ええ。でもコカイン一キロがどうしたんです？」

「なんでもない」

「じゃあ、なんで訊いたんです？」

「ただなんとなく」

店主はまたラクをグラスになみなみ注いだ。ふたりは黙って飲んだ。

「売りたい」しばらくしてシュトレーリッツはいった。

「コカインを一キロ持ってるんですか？」店主はシュトレーリッツを見つめた。

シュトレーリッツはうなずいた。すこしどきどきしていた。

「知ってる奴を電話で呼びましょうか」しばらくしてそういうと、店主はまたラクをなみなみ注いだ。

「だれだい？」

「知り合いです」

「その知り合いは信用できるのか？」

「もちろん信用できます。ドラッグを扱っています」店主は笑った。シュトレーリッツも今回は笑った。ふたりの約束、ふたりとも、この界隈《かいわい》で知られた人間だ。シュトレーリッツは酔いがまわるのを感じた。

「口利き料はいくらだ?」シュトレーリッツはたずねた。

「二十パーセント」店主は急に真顔になった。「だけどこれは遊びじゃない。はじめるのなら、最後まで付きあってもらわないとな」店主は丁寧な口をきくのをやめた。シュトレーリッツはもう仲間なのだ。なんだか誇らしかった。

「その知り合いがここに来るまでどのくらいかかる?」

「電話をしてみる。いつ来られるかいうだろう。おまえはコカインをここに持ってくる。それでどうだ」

「わかった」

「本当に一キロも持っているのか?」

「五キロある」

「五キロ?」店主は大きく息を吐いた。「どこで手に入れたかは訊かないでおく。問題が起きたら、それはそっちでなんとかしてもらう。おれは関係ない。本当に取引をするんだな?」

シュトレーリッツはうなずいた。店主は立ち上がって、隣の部屋へ行き、小さなメモ用紙を持ってもどってきた。それから眼鏡をかけ、携帯電話に電話番号を打ち込んだ。店主はトルコ語でなにかいうと、シュトレーリッツをちらっと見て、さらにすこし話してからいった。「知り合いは十分で来るといってる。それでいいか?」

「ああ」シュトレーリッツはいった。

「厨房で会おう。裏口から入ってくれ。店は閉める」

シュトレーリッツはラクを飲み干した。立ち上がったとき、酔っていることに気づいた。通りを渡って自宅から催涙スプレーを取ってきた。いつもは公園でジョギングしているときに犬から身を守るために携行しているものだ。地下の物置に入ると、板に乗って、もう一度バッグを開けた。中身はそのままだ。数分、酔いが覚めるのを待ってからバッグを持った。


道路の反対側のレストランの前に、狼の刺青をした太った男がいた。刺青男は足を止め、シュトレーリッツを見つめた。一瞬、ふたりはその場にたたずみ、シュトレーリッツが先に駆けだした。彼の車は通りのはずれに駐車してある。そこまでおよそ五百メートル。刺青男が怒鳴った。シュトレーリッツは走りながら車のキーを上着のポケットからだし、リモコンを押した。BMWのドアが解錠した。シュトレーリッツはドアを開け、バッグを助手席に投げると、運転席にすべりこんだ。刺青男は怒鳴っている。顔を紅潮させ、汗だくになっている。車のそばまで来ていた。シュトレーリッツはエンジンをかけ、ハンドルをまわした。刺青男は運転席のドアを開けて、シュトレーリッツの首をつかんだ。シュトレーリッツは刺青男の顔めがけて催涙スプレーを噴射させ、アクセルを踏んだ。刺青男は手を離すしかなかった。前腕をドア枠にぶつけて悲鳴をあげた。ドアが閉まった。催涙スプレーから噴射したガスの半分は車内にとどまり、シュトレーリッツの顔が焼けるように痛くなった。皮膚《ひふ》が腫れ、目から涙があふれた。彼は咳き込み、つばを吐いた。道路に横たわる刺青男がルームミラーに見えた。背中を丸め、左足を抱えている。シュトレーリッツは前方が見えなくなった。車は蛇行し、駐車中の車二台をこすった。それでもアクセルを踏みつづけ、交差点を突っ切り、ハンドル操作を誤って、鉄道の高架の支柱に正面衝突した。激突の衝撃でシートから腰が浮き、フロントガラスに頭をぶつけ、気を失った。

十七時間後、区裁判所の捜査判事の前に引きだされた。女の捜査判事はいった。スポーツバッグには高純度のコカインが四・八キロ入っていた。武器になりうる催涙スプレーを携行していた。捜査判事は法律を読み上げ、禁錮五年以上の自由刑を覚悟しなければならないといい、言い分があったら述べてもいいが、その義務はないと付け加えた。

シュトレーリッツは肌色の首コルセットをつけていた。首が痛い。目もまだ赤く充血していた。ひとまずどうするか考えたい、と彼はいった。捜査判事は麻薬所持で勾留状を発付した。

†

シュトレーリッツは拘置所に収監された。彼は監獄の映画を観たことがある。サディストの看守、ブリキの容器によそわれた食事、シャワー室で襲われたり、自作のナイフで刺される受刑者。彼は独居房に入れられた。それからすべてが一変した。生まれてはじめてまわりから一目置かれるようになったのだ。勾留状は彼の証明書となった。四・八キロのコカイン、車での逃走、黙秘。シュトレーリッツは小者ではない。拘置所ではみんなが頭を下げた。だれひとり彼の短躯《たんく》をからかわなくなり、〝ちび〟〝リリパット人〟〝小人《ノーム》〟と呼ぶことも、「もっと背が高ければわかる」ということもなくなった。受刑者の中にシュトレーリッツがスーパーマーケットで働いていたことを知っている者がいた。その男が、スーパーマーケットを隠れ蓑《みの》にして麻薬密売をしていたという噂を流した。シュトレーリッツは否定しなかった。どうして今まで捕まらずにいたのかを問われると、彼は微笑んで、なにかわけがあるように振る舞った。

麻薬所持の公判がはじまる六週間前、シュトレーリッツは別件で略式命令を受けた。逃走と飲酒運転と自動車事故が罪状だった。血中アルコール濃度は〇・一六パーセント。刑は重くなかった。日額三十ユーロで九十日分の罰金、運転免許証の一ヶ月停止。二週間以内なら異議申し立てができる、と裁判所事務官はいった。シュトレーリッツは手を横に振って、麻薬犯罪で想定される刑の重さと比べたらどうということはありません、といった。

†

四ヶ月間、未決勾留されたあと、公判がはじまった。シュトレーリッツは連行する廷吏に、はじめての裁判だといった。

「たいてい退屈なものだ」廷吏はいった。「いつもおなじさ」

「でももう十一時半だ。九時に呼ばれるはずだったのに」シュトレーリッツはいった。

「開廷が遅れるのはよくあることさ」

「傍聴人は多いかな？」シュトレーリッツはたずねた。

「いいや。たいしたことはない。別の法廷で子どもを殺した女の公判がある。みんな、あっちに行っている」

シュトレーリッツはがっかりした。

シュトレーリッツが法廷に入ると、検察官も、女性の裁判官と弁護人もローブをまとっていなかった。傍聴席もがら空きだった。検察官は水のボトルを飲み干した。

「すわってください、シュトレーリッツさん」裁判長がいった。「あなたの審理はおこなわれません」

シュトレーリッツにはちんぷんかんぷんだった。

「六週間前、酒気帯び運転の罪で略式命令を受けたということですが、本当ですか？」裁判長がたずねた。

シュトレーリッツは弁護人を見た。弁護人が彼に向かってうなずいた。

「はい」シュトレーリッツはいった。

「異議申し立てをしませんでしたね？」

「はい」シュトレーリッツはなにか間違いを犯したかと思った。

「わたしたちは今朝になってそのことを知りました」

「それはあいにくです」

「あなたに説明することがあります」裁判長はいった。「同一の事件で人を二度裁くことができないことはご存じでしょう」

「ええ」

「われわれ法律家はこれをラテン語で ne bis in idem《ネ・ビス・イン・イデム》といいます。訳すと一事不再理という意味です。公正な刑事訴訟手続きをするための原則でして、おなじ犯罪で複数回罰することは許されないということです。あなたの場合、区裁判所は酒気帯び運転であなたに略式命令をだしました。今日は薬物所持で裁かれることになっています。しかし事はそう簡単ではないのです。法廷では、行為が一連の過程であるかぎり、ひとつの犯罪行為とみなします。たとえば自動車を窃盗し、それに乗って銀行へ行き、銀行強盗をした場合、ひとつの犯罪行為となります。車の窃盗と銀行強盗はそれぞれ別個の犯罪行為ですが、まとめて判断されます。わかりますか？」

「わかりません」シュトレーリッツはいった。

「わたしたちは酒気帯び運転と麻薬所持は分けて扱えないという見解に達したのです。なぜなら運転は、麻薬の運搬に寄与しているからです。ふたつの行為、つまり運転と麻薬所持は法的に見るとひとつの行為なのです。そしてあなたは、その行為に対してすでに判決を受けています。したがいまして、あなたをこの件でふたたび裁くことはできません」

シュトレーリッツは裁判長を見つめた。

「あとで弁護人からもう一度説明を受けてください。いずれにせよ審理はおこなわれません。区裁判所裁判官が間違いを犯したからです。刑事訴訟法二百六条a第一項に基づき本刑事訴訟手続きは停止され、区裁判所が発付した勾留状は撤回されます」

裁判官たちは法廷から退席した。弁護人はシュトレーリッツの肩に手を置いた。彼女はシュトレーリッツより頭ひとつ背が高かった。

「どういうことだ?」シュトレーリッツはたずねた。

「あなたは運がよかったんです」弁護人はいった。「あなたは自由です。おめでとうございます。小さな犯罪の方だけで判決を受けたのです」

ダイバー

Der Taucher

聖金曜日

その教会のことはよく知っていた。木のベンチ、漆喰《しっくい》壁、縦長の窓。彼女はここではじめて聖体拝領をした。結婚したのもここだ。彼女は三列目にすわる。いつもおなじ席にすわってきた。息子は一週間前から夫の両親に連れられてスキーバカンスを楽しんでいる。

「主《しゅ》が亡くなられる時が来ました」司祭はいった。

キリストが十字架にかけられた日だ。今日は蠟燭《ろうそく》に火がともされず、香《こう》もたかれず、祭壇も飾られない。祭壇画も閉じられる。司祭は緋色の祭服を身にまとう。彼女は典礼がいつもおなじ流れでとりおこなわれるところが好きだった。ひざまずき、立ち上がり、祈る。気持ちが落ち着く。

彼女は夫のことを思った。ふたりは十七年前、職場で知り合った。自動車メーカーの販売店で、そのあたりではもっとも大きな会社だった。彼女は当時、社長秘書だった。彼は北ドイツ出身で、のっぽでのっそりしていて、少年のような人だった。彼女は顔を合わせる前に、履歴書の写真を見て胸をときめかせた。写真の彼は身だしなみがよく、きれいに髭をそり、髪の毛をきっちりと分けていた。経歴に欠点はなく、誤字脱字は見当たらず、紙もきれいだ。なにもかも彼女好みだった。

彼が採用されたとき、彼女は彼におめでとうといった。工場の食堂で何度かいっしょに昼食をとった。そのうち映画に誘われた。はじめてデートした夜、彼は真新しいリブニット付きの革ジャンを着てきて、石鹸《せっけん》とメンソールのにおいがした。彼女は彼の白い手に触れた。四日後、ふたりはベッドを共にした。

彼は会社でキャリアを積み、工場長、チーフエンジニアへと出世した。彼女の父親は結婚に反対だった。「あの男はこのあたりの出身じゃない。山やフェーンの熱気で人が変わるかもしれない」といって。それでもふたりは結婚し、彼女の父親が所有する農地に家を建てた。牧草地と畑が眼前に広がり、遠くアルプス山脈まで望めた。幼い頃、彼女はこの村の基礎学校に通い、初恋の相手は食堂の息子で、親友はパン屋の娘だった。彼女は幸せだった。人生は順風満帆に思われた。

「キリストは人の子としてすべての人の罪を贖《あがな》われた」司祭はいった。前のベンチに薬剤師がすわっていた。彼女は薬剤師の禿頭《はげあたま》を見て、老人斑《ろうじんはん》を数えた。信徒の祈りのときに、赤ん坊が泣いた。彼女は振り返らなかった。そういうことはするものではない。心が温かくなった。息子のことを思いだしたのだ。

出産を機に、すべてが変わった。夫は分娩室で出産に立ち会った。夫が望んだことだった。産婦人科医は夫のことを気にしなかった。あとで夫が彼女の股間ばかり見つめていたことを知った。血と糞尿のにおいがしたはずだ。産婦人科医は赤ん坊を彼女の胸に置いた。胎脂《たいし》がいっぱい付着している、と夫はいった。そのあと何度もその言葉を口にした。

彼女は新生児と共に家に帰った。夫はかいがいしく世話をした。買い物、料理、片付け。赤ん坊が夜泣きすると、夫は赤ん坊を抱いて彼女のところへ来た。夕方、帰宅すると玄関で靴を脱ぎ、靴底をきれいにふき、雑巾の上に置くようになった。ズボンのポケットに小銭を入れることもやめた。たくさんの人が触っているから、と夫はいった。そういうことがつづき、それがしだいにエスカレートしていった。夜中に悲鳴をあげて目を覚まし、汗をびっしょりかくことが度重なった。足の爪の夢を見たといった。爪は真っ黒で、ものすごく大きくなり、彼を見つめていたという。

セックスが面倒くさくなった。夫はベッドで愛し合うことを拒むようになった。シーツを汚したくないというのだ。浴室がいい、タイルはすぐきれいになるといった。しばらくは夫のいうとおりにした。しかしまもなく、夫は彼女の体に触れるにも覚悟を必要としていることに気づいた。ある夜、夫が浴室の壁掛けオイルヒーターの前で床にしゃがみ、首にロープを巻いて携帯電話でポルノを見ながら自慰にふけっているのを発見してしまった。彼女はすぐにドアを閉めようとしたが、夫はそこにいてくれと頼んだ。夫は果てたあと、こうしないと絶頂に達しないといった。彼女の股間から息子の頭が出てくるところがどうしても脳裏を離れず、股間から覗く息子の濡れた黒い髪が忘れられないと訴えた。

夫は物静かになった。工場から帰ってくると、きまって家の前のベンチにすわる。何時間もじっとしていた。抱き寄せた膝《ひざ》に顎をのせ、遠くの山脈を見ていた。彼女が声をかけても、返事はなかった。ベッドの中でだけ、夫はときおりなにかつぶやいた。よく聞き取れなかったが、目のない深海魚とか、永久凍土におおわれた惑星とかいっていた。

会社からはじめて注意を受けた。夫が重要なミーティングをさぼったというのだ。二度目の注意は、夫が何時間も自分のオフィスに籠《こ》もって出てこないというものだった。精肉店では、夫が隣人のうわさになっていることを知った。ダイバースーツの件がはじまったのはそのあとだった。

典礼が終わると、参列者はみな、教会前の広場に立った。彼女は司祭と握手を交わした。

家に帰るとき、途中の農家の庭先にプリムラとハルオコシが咲いていた。一片の雲すらない晴天で、風が吹いていた。春らしい日だ。髪が風でほつれて、顔にかかった。

しゃがんでいるように見えるが、夫の尻は床から数センチ浮いていた。浴室の壁掛けオイルヒーターに結びつけたロープで首をくくっていた。黒いダイバースーツに身を包んでいる。モルディブでハネムーンを過ごしたときに買ったものだ。ダイバースーツのいたるところにスライスチーズを小さくちぎって押しつけてある。チーズはダイバースーツのゴムの上にこびりついていて、夫の体のそばにセロファンフィルムのケースが置いてあった。透明なセロファンフィルムは夫の体に巻きつけてあり、顔の部分が奇妙になめらかになっていた。ダイバースーツには一個所だけ穴が開いていて、そこから夫の性器が飛びだしている。まるで動物のようだ。

彼女は夫の性器にタオルをかけて、バスタブの縁《ふち》に腰かけた。どのくらい時間が経過したかわからなかった。いつのまにか、死んだ夫の横に膝をついていた。彼女はひじ関節の内側で夫の頭を抱え、セロファンフィルムをはずして、夫の髪をなでた。それからスライスチーズをはがして集めた。一部はすでに溶けていた。つづいてダイバースーツを脱がして、夫をベッドに寝かせる。二時間近くかかった。彼女は疲労困憊《こんぱい》し、腹が立った。夫に布団をかけ、隣に横たわり、二十分近く泣いた。そのうち眠りについた。

目を覚ますと、気分がすっきりし、正直な気持ちになれた。熱いシャワーを長時間浴び、化粧をし、新しい服を着ると、リビングからホームドクターに電話をかけた。

医者は点状の結膜下出血と首の傷痕《きずあと》に気づいた。「自然死ではないので、警察を呼ばなければならない」と彼女に告げた。彼女は郡庁所在地から刑事が来るのを台所で待った。真夜中を過ぎていた。

地元の警察署で靴ひもとベルトが没収された。「自殺防止です」と女性の警官がいった。鍵、腕時計、ネックレス、結婚指輪、ハンドバッグは赤いプラスチックケースに入れるようにいわれ、身体検査を受けた。

取り調べで彼女は、夫をベッドで発見したと繰り返し主張した。取り調べをした警官は若く未婚で、子どもがいなかったため、祝祭節にも勤務していた。警官は詰問した。

「夫が寝ているあいだに絞め殺したんだろう。その後シャワーを浴びて、ホームドクターを呼んだ。浴室にあったタオルはまだしめっていた。否認しても無駄だ。なぜこんなことをしたのか白状しろ」

答えるのを一切やめると、彼女は留置場にもどされた。

聖土曜日

警察署は一九六〇年代のコンクリート造りだった。彼女は弁護士のいる面談室に連れていかれた。机にも椅子にもコンピュータにもビニールカバーがかけられ、ペンキとラッカーのにおいがした。どうしてもシャワーを浴びたい、と彼女はいった。建物が改修中でそれはできない、と警官は申し訳なさそうにいった。手錠ははずされた。

弁護士とふたりだけになると、彼女は警官にいったことを繰り返した。弁護士はじっと耳を傾け、万年筆を指でまわしながら彼女を見つめた。弁護士はいった。

「弁護するときは真実を知らない方がいい場合がよくあります。起訴状の不完全さや矛盾、つまりアラが見えやすくなるんです。しかし今回はちがいます。あまりに多くの点であなたは不利です。勾留されることになるでしょう。それに数ヶ月後、弁護がうまくいっても、村では生活できなくなるでしょう」

彼女はなにもいわず、窓の外を見た。月曜日には復活祭の火がともされる。暗い季節が終わる。机のビニールカバーにできたしわがなくなるまで手のひらでなでた。突然、彼女は早口にしゃべりだした。結婚のこと。夫のこと、息子のこと。

「夫は普通じゃなかったんです。理由はわかりません。たぶん山脈から吹き下ろすフェーンのせいです」

彼女は、実際にはどういう状態で夫を発見したか話し、村人に知られるわけにいかない、あそこで生きていくしかないのだからといった。

「だから夫をベッドに寝かせ、スキャンダルから身を守ろうとしたんです。さもなければ、一生スキャンダルにつきまとわれてしまうからです」

弁護士は口をはさまなかった。夫になにがあったのかわからない、といって、彼女は泣きだした。弁護士は顔を上げた。

「そういうことをする人間がいるものです」そういって、弁護士は彼女にハンカチを渡した。「勾留状の発付は明日審査されます。今日のところは緊急逮捕です。裁判官と話してみましょう」

そのあと警官がオープンサンドとヨーグルトと飲み物を留置場に運んできた。改修中で職員食堂が閉まっているため、冷たいものしかないという。警官は身をかがめて、本当は教えてはいけないのだが、ダイバースーツを入れた黒いビニール袋がガレージで見つかったといった。押収したものはすべて、法医学者の鑑定を待っているという。

彼女は食事に手をつけなかった。その夜もほとんど眠れなかった。

復活の主日

彼女は捜査判事の部屋の前にある木のベンチにすわった。弁護士は小声で彼女と話した。男が勃起するとき、射精する前に膀胱《ぼうこう》のそばにある精嚢《せいのう》が反応して、精嚢腺液を分泌し、その粘液にまざって微量の精子が排出される。法医学者は、その粘液がダイバースーツに付着しているのを発見したという。聞いていても、彼女にはよくわからなかった。繰りだされる言葉が不快なだけだった。発見されたロープは首のロープの痕と一致した、と弁護士はいった。また、チーズや、セロファンフィルムとそのケースから死者の指紋が検出されたとも。これで容疑は晴れるが、それでも検察は勾留状発付の請求をおこなった。この近辺では殺人事件はめずらしく、捜査判事の判断に任せることになるという。

捜査判事はコーデュロイの上着にチェック柄のシャツを着ていた。裁判官らしくない出で立ちだ、と彼女は思った。捜査判事が日頃どんな生活をしているか想像してみた。昼食をとっているところ、子どもを学校へ送っていくところ、夜テレビを観ているところ。捜査判事は彼女に、いうことはないかとたずねた。彼女は首を横に振った。弁護士が事件の顛末《てんまつ》をもう一度話した。彼女も聞いていたが、すべて遠くで起こった出来事のようで、現実感がなかった。夫が他人としか思えない。家に帰りたいと思ったが、どこへ行けばいいのかわからなかった。

捜査判事は法医学者を部屋に呼んだ。法医学者は鑑定人として宣誓し、死因は明白だといった。

「男はロープで頸動脈《けいどうみゃく》を圧迫され、窒息死しました。人がなぜそのようなことをするのか、まだ十全に解明されていませんが、脳内の酸素不足がオーガズムの興奮を増大させることは昔からわかっています。おそらく大脳辺縁系、そして脊髄《せきずい》も関係しているものと思われます。そのことは数百年前から知られています。古代ギリシア人がすでにそのことを知っていましたし、古代ローマの壺にも、快楽を増大させるためにロープで首をしめる光景が描かれています。被害者はおそらく何度もそういうことをしていたのでしょう。複数の古傷が確認されています」

「セロファンフィルムはなんのためですか?」捜査判事がたずねた。

「フェティシズムですね。チーズ、プラスチック、ゴムのにおいで興奮したのでしょう。いずれにせよ、セロファンフィルムは死因ではありません。セロファンフィルムには穴が開いていました。呼吸できたはずです。またセロファンフィルムの縁に死者の唾液が付着していました」

「スライスチーズやダイバースーツといったものは異常なのではありませんか?」

「よくあることです。数ヶ月前、ビニール袋に入っている男が発見されました。男は女性用下着を身につけ、両足をしばり、みずから袋に入って、掃除機で袋の中の空気を吸いだしたのです。男は袋にケーブルを通して、そこにつないだスイッチで掃除機を動かしました。なかなか複雑な構造でした。ただ男はひとつだけミスを犯しました。掃除機の吸引力が強すぎたのです。数秒で袋の中の空気がなくなり、袋が体に張りつき、身動きできなくなったのです。そのためスイッチを切ることができなくなり、掃除機は動きつづけ、男は窒息死しました」

捜査判事はうなずいた。

「では、今回の事件では正確になにが起きたのですか? 判明したことを教えてください」

「被害者はロープの一方の端を壁掛けオイルヒーターに固定し、もう一方の端で首をしばり、ゆっくり体を沈めながら自慰をしたのです。首にまわしたロープがしまりました。わずかな圧がかかるだけで、頸動脈をしめるには充分です」

「死ぬときは苦しんだのですか?」

「いいえ。あっという間です。窒息すると感じる暇《いとま》もなかったでしょう。頸動脈が完璧にしまると、十五秒ほどで意識を喪失します。圧搾《あっさく》がつづけば、十分から十二分で脳死に至ります」

「被害者はそういうことを何度もおこなった可能性があるといいましたね。では、なぜ今回は死に至ったのですか?」

「さまざまな可能性があります。壁掛けオイルヒーターにぶらさがっている時間が長すぎて、ロープをほどく力が残っていなかったのかもしれません。ほどこうとしたとき、足をタイルですべらせてしまったのかもしれません。意識を喪失するのが早すぎた可能性もあります。このようなやり方で性的興奮を得るのは、きわめて危険なことです。それでも、より強い刺激を求めて、そういうことをする人が後を絶ちません。こうした性行動をとる人は、こうすることで快楽を得るだけでなく、身も心も満足するといいます。彼らはそれを何度でも繰り返します。中毒症状とおなじです」

「ということは、他殺を示唆《しさ》するものはないということですね?」弁護士がいった。

「別の人間が被害者の死に関わったことを完全に排除することはできません。しかし、確実にそうだと証明することも不可能です。法医学の見地からは、事故だったと判断するほかありません」

その場にいた全員がちらっと顔を見合わせた。弁護士は手帳にメモをとった。捜査判事は判明したことを書記官に整理して伝えた。

「他に質問がなければ……」そういうと、捜査判事は検察官と弁護士を見た。ふたりは首を横に振った。「……あなたの鑑定人としての任を解きます。本日は時間をとってくださりありがとうございました。では心置きなく祭日をお過ごしください」

法医学者は書類を片付け、捜査判事の部屋を出た。検察官は勾留状発付の請求を取りさげるといった。捜査判事はうなずいた。引き出しから緑色のメモ用紙をだすと、署名して、あなたを釈放します、と彼女に告げた。

復活祭の月曜日

祭壇にはまた布がかけられ、祭壇画が開帳され、聖母マリアの膝にイエス・キリストの亡骸《なきがら》がのっている。典礼の前に、彼女は教会前の広場でみんなからお悔やみをいわれた。あとで隣人が彼女のところにコーヒーを飲みにくることになっている。夫の埋葬は二週間後におこなわれる。彼女は司祭といっしょに聖書から文章を選ぶことになった。品があり厳格な朗読にするのだ。彼女が勾留されたことはだれも知らなかった。だれにもわからない、と弁護士が約束してくれた。今朝、彼女は浴室の壁掛けオイルヒーターの前に立った。夫はもうここにいない、と彼女は心の中でいった。

典礼は喜ばしく、教会がいつもより明るく感じられた。

「あなたがたは、恵みにより、信仰によって救われました」

司祭はそういってから信徒を祝福した。参列者がみな立ち上がり、歌いはじめた。その聖歌は子どもの頃からよく知っている。この瞬間、彼女は自分を許すことにした。夫が静かになるまでロープで首がしまるよう頭を押さえつけただけだ。夫のやせた白い手が穏やかに床にのびていた。今日は救済の日。

「主よ、あわれみたまえ《キリエ・エレイソン》」

彼女はそのことだけを思うことにした。それから復活祭の月曜日に歌われる復活の歌を合唱した。

臭い魚

Stinkefisch

少年の住む地区では、親が学校の送り迎えをすることなど皆無だった。だが数キロ離れた西の地区はちがう。トムは一度、見かけたことがある。親が車からランドセルをだし、子どもにキスをして、校門まで見送った。どの親も似たり寄ったりで、子どもも大差なかった。

しかし彼の住む地区には、百六十の異なる民族の人々がひしめきあっている。それぞれの民族でしきたりが異なり、子ども時代は短かった。

集合場所はパン屋だった。いつもの朝とおなじだ。トムの友だちが、女の子の話をした。

「なかなかむずかしいんだ。どじを踏めばふられて、いろいろ陰口をたたかれる」

トムは相槌を打ったが、本当はそれどころではなかった。スーパーマーケットで煙草を万引きしてこいといわれていたのだ。他の子たちは外で待っていた。トムにはできなかった。

少年たちはいつもとおなじ道を歩いた。トムと彼の友だちと、ほかの少年たち。肝試しをすることになった。みんな、真顔でひそひそ話をした。トムは不安を覚えた。

その男のことを、みんな、〈臭い魚〉と呼んでいた。他の日は、きまってその男が住むアパートの前で通りの反対側にわたる。〈臭い魚〉はいつもそのアパートのひさしの下で革製の椅子にすわっている。雨の日も、雪の日もそこに腰かけていた。このあいだの戦争で、アパートの正面と左右の棟が空襲で破壊され、奥の棟だけがかろうじて残っていた。アパートの前の空き地には雑草が生え、がらくたが転がっている。古タイヤ、苔《こけ》むした板、柄《え》が折れたスコップ、壊れたヒューズボックス。アパートの壁にはびっしりカビが生え、半地下の部屋の窓が割れていた。そして悪臭を漂わせていた。魚粉や煮込んだ牛乳やガソリンのにおい。暑い日には学校にまでにおってくる。〈臭い魚〉には、さまざまな逸話があった。殺人容疑でいろんな国から指名手配されている。川で釣りをして、釣った魚を生きたまま丸かじりするとか、町じゅうのドブネズミを呼び寄せるために地下室で牛乳を煮ているとかいう話もある。学校の鍵を持っていて、夜な夜な学校に忍び込んで廊下を徘徊《はいかい》し、生徒のロッカーをぺろぺろなめているという噂も、まことしやかに語られていた。

トムは歩いているあいだ、〈臭い魚〉が家にいませんようにと祈った。だが、やはりいつものように家にいた。サングラスをかけている。上着にはほころびがあり、ズボンは薄汚かった。ところが、靴だけはぴかぴかに磨いてある。とても上等な靴のようだ。男には似合わない。そこに立ちこめている異臭には似つかわしくなかった。

少年たちは敷地の前で立ち止まった。トムは懇願した。

「もう一度、煙草を万引きさせてよ。パックごととってくる。今度こそやってみせるからさ」

トムはその言葉を頭の中で何度も反芻《はんすう》したのに、思ったようにうまくいえなかった。他の少年たちは、相手にしてくれなかった。

「手遅れだ」といわれた。「〈臭い魚〉のところへ行ってこい。すくなくとも柵の中に五歩は入らないとだめだな。そこから〈臭い魚〉と叫べ。だけど、おまえはどうせ臆病者だから、できないだろう。今日から、おまえも〈臭い魚〉って呼んでやるよ」

トムはランドセルを他の少年に渡した。

「〈臭い魚〉にぼくが殺されたら、これを母さんにとどけてくれ」

トムは開け放った庭木戸から中に入り、アパートの方へ数歩すすんだ。ちょうど五歩歩いて足を止めた。〈臭い魚〉はこれまで動いたことがない。トムは異臭に耐えられなかった。気温が高いのに、石畳に生えた苔は湿っていた。

トムは大きく息を吸うと、目をつむって怒鳴った。

「おい、〈臭い魚〉」

そういった瞬間、自分がどんなに馬鹿なことをしたかわかった。すぐになにか慰《なぐさ》めになる言葉をかけたくなった。だが、いい言葉が浮かばない。頭は空っぽ。口の中はからからだった。

男が顔を上げた。トムは男の黒いサングラスをのぞき込んだ。男の禿頭《はげあたま》には汗が浮かんでいた。男はサングラスをとった。トムはその動きを見て、逃げようとしたが、足がすくんで動けなかった。〈臭い魚〉は目が不自由だったのだ。左目は白くにごり、失明していた。だが右目はトムをじっと見すえていた。瞳孔の縁《ふち》がぎざぎざしている。虹彩には青いシミがある。その目がどんどん大きくなって、音も、色彩も、それこそ異臭まで吸い込んだ。なにもかもその目に取り込まれた。トムは頭がくらくらして、体がふるえた。それから、南極大陸が目に浮かんだ。学校で配られた世界地図帳にのっている写真の光景だ。雪原、氷河、凍結した滝。どのくらい時間が経ったか、トムにはわからなかった。〈臭い魚〉がサングラスをかけなおし、頭《こうべ》を垂れた。トムは足と腕が痛くなった。そのとき、それが目にとまった。片目の男の膝《ひざ》に、包装紙を破いた板チョコがのっていたのだ。母親が通りの八百屋で買ってくるあのチョコレートだ。トムは十一歳になったばかりだが、その瞬間、理解した。噂はみんな嘘だ。この老人は人殺しではないし、生きた魚を丸かじりしたりはしない。板チョコを持つ、目が不自由なただの老人なのだ。

トムは男のところへ行った。今度は簡単だった。

「つまんないことをいっちゃいました」トムは小さな声でいった。

「ああ」片目の老人がいった。

「ごめんなさい」

トムは返事を待ったが、老人は口をつぐんでいた。

「じゃあ、もう行くね」しばらくしてトムはいった。

男はうなずいた。

トムは振り返った。突然、仲間の雄叫《おたけ》びを耳にした。石が飛んできて、トムのそばをかすめた。だれが投げたのかわからなかった。その石は老人の頭に命中した。黒いサングラスがはずれかけ、片耳にひっかかった。レンズが粉々に割れていた。男は両手で顔をおおった。指のあいだから血があふれ出た。石が次々と飛んできて、老人に当たった。

一時間目の授業を受けていたとき、警官が教室に入ってきた。近所の人が、学校へ駆けていく子どもたちを見ていたのだ。子どもたちの服装を警察に教え、「ランドセルを背負っていない子がひとり、老人のところに歩いていった」と証言した。

警察署で女性の警官がしつこくトムにたずねた。なんであんなことをしたのか、と。トムは病院で撮った写真を見せられた。片目の老人の頭に包帯が巻いてあった。トムはなにもいわなかった。この界隈《かいわい》では、警官と話してはいけないといわれているからだ。三十分ほどして警官はあきらめた。警察の報告書には、トムが〝厚顔無恥なリーダー〟であると書かれた。母親が警察署に迎えにきて、トムを連れ帰った。

少年たちは起訴されなかった。未成年だったからだ。青少年局の人が親と話をしただけですんだ。住環境や家庭環境について報告書が作成され、ファイルされた。担任教師は生徒たちに説教した。夏休みに入る前の日、年配の制服警官が教室にやってきて、児童による暴力事件について話をした。警官はチラシを配った。そのチラシはその後、校庭や通りのあちこちに落ちていた。

数ヶ月後、老人のアパートは解体され、その跡地に駐車場付きのショッピングセンターが造られた。〈臭い魚〉という名前はしばらく生徒たちの記憶に残ったが、その記憶もやがて薄れ、消えてなくなった。

湖畔邸

Das Seehaus

フェーリクス・アッシャーは生まれたとき、腹部に小さな赤いあざがあった。両親はアレルギーだと思った。「赤ん坊にはよくそういうあざがあるものだ。洗剤や牛乳のせいだろう。そのうちひとりでに消える」と友人がいった。しかし、あざは消えなかった。皮膚《ひふ》の内出血はしだいに広がっていき、生後十八ヶ月の時点で上半身と首と顔の右半分が朱色に染まってしまった。火炎状母斑《ぼはん》。小さな生まれつきの欠陥だった。

フェーリクスの母親は三十九歳、父親は四十三歳。再婚だった。ふたりともミュンヘンの地域電力会社で働いていた。父親は電気技師で、母親は経理課にいた。フェーリクスは一人っ子だった。

四歳のとき、フェーリクスははじめて祖父を訪ねた。祖父は一九二〇年代の終わりに上海で生まれた。祖父の両親は上海にあるドイツ医学校の医師だった。その後、祖父は香港で暮らし、ドイツ製の工業機械の輸入で財をなした。妻と死別したのち、ドイツにもどってきて、オーバーバイエルン地方に邸《やしき》を構えた。ミュンヘンからおよそ六十キロ南の地だ。邸はもともと十七世紀の荘園にあり、修道院が所有していた。その界隈《かいわい》では昔から〈湖畔邸〉と呼ばれていた。邸は小さな村のはずれの小高い丘陵に建っていた。壁が分厚く飾り気のない四角い建物で、部屋数は十九室。邸からは湖が見渡せた。フェーンが吹き下ろしてきた日には、紺碧《こんぺき》の空に浮かぶアルプス山脈まで遠望できた。百年ほど前、ワシリー・カンディンスキー、フランツ・マルク、パウル・クレー、ロヴィス・コリントといった画家がこのあたりで絵を描き、エデン・フォン・ホルヴァートやベルトルト・ブレヒトといった作家が居《きょ》を構え、近くの村がトーマス・マンの小説『ファウスト博士』の舞台になった。

祖父の邸では、いつもカーテンが半分閉めてあった。淡い光に包まれ、どの部屋も静かだった。床は板張りで、壁には淡黄色の中国風のタペストリーがかけてあった。図柄はミカンの木や桜やリンゴの花、ツルやトンボや異国情緒のある鳥をあしらった風景だ。家具は一九二〇年代から三〇年代のもので、上海の英国公使館にあったものだという。邸にはテレビもラジオもなく、あるのは木製のレコードプレイヤーだけだった。図書室には、くたびれた革張りの肘掛け椅子が二脚と、薄緑色の布を張ったソファと、喫煙者用とトランプゲーム用の小机と、竹でできた新聞立てがあった。祖父はたいていその図書室で読書をしていた。普段から三つ揃いの白いスーツを着て、断面が楕円形のエジプト煙草を吸った。フェーリクスは祖父の足下の色あせたシルクの絨毯《じゅうたん》の上で遊んだ。絨毯の模様を迷宮に見立てて、フィギュアに冒険させて楽しんだ。

祖父は二階の一室をフェーリクスに与えた。フェーリクスは鉄道模型をもらった。鉄でできた黒い蒸気機関車、深緑色の客車が二両。客車の窓から中をのぞくと、乗客が乗っていた。祖父は毎晩ナイトテーブルにのせてある回り灯籠《まわどうろう》を点灯させた。影絵が壁に躍る。積み荷を積んだ船、長い煙管《キセル》で煙草を吹かす中国人、通りを走る、頭にリボンをつけた犬といった上海の一コマだ。

大きくなると、フェーリクスは自分の肌のあざを恥ずかしく思うようになった。他の子どもたちは、そのことで彼をからかった。親はさまざまな医者のところへ彼を連れていった。そのたびに服を脱ぎ、診察される。レントゲンを撮られ、軟膏《なんこう》を塗られたり、注射を打たれたりした。しかし、あざは消えなかった。だが祖父だけは、他の人とちがっていた。中国には乳首が三つある人や、指が六本生えている人がいて、神々から選ばれし者として尊敬を集めているという話をしてくれた。
「あざは秘密の地図だ。よく見れば、なにか読み取れるはずだぞ。へそのまわりのあざは、空想上の生き物が住む国だ。ドラゴンや人魚や無敵の英雄がいる。それから胸のあざは賢者の国だ。この世で一番賢い人が集まり、世界をどうすべきか話し合っている。頰の小さなあざはどことなく邸の前の湖に似ているな。幸福が棲まうもっとも大事な場所だ」

祖父は毎日、邸から村まで散歩をした。夏には、麦わら帽子をかぶった。村人のだれもが祖父を知っていて、礼儀正しかった。おじいさんのそばにいれば安心だ、とフェーリクスは思った。ふたりはいつも湖岸のおなじベンチにすわった。祖父は目をつむって、フェーリクスの手を取る。フェーリクスは、なにが見えるか説明するようにいわれる。乾燥した鳥の巣、櫂《かい》が折れたいかだ、草叢《くさむら》に残る荷車のわだち。それから祖父は、上海で過ごした子ども時代の話をしてくれた。日中の熱気、午後になるとともされる琥珀《こはく》色の明かり、降りしきる雨、夜会服で着飾った美女たち、フランス語の名を冠したホテル、水上の集落、闘鶏、アヘン中毒者。少年の心の中で、目の前の風景と、語られるイメージが溶け合う。菜種の畑、クローバーの草叢、湖畔の葦《あし》に、上海の通りのにおいや、市場の店主の呼び声やエメラルドグリーンのやしの葉。〈湖畔邸〉の前、フォアアルペンのなだらかな大地の静寂に浸っているかぎり、フェーリクスは心穏やかでいられた。

†

祖父が亡くなったとき、フェーリクス・アッシャーは十四歳だった。それからの人生にこれといったことはなかった。「人生はごくふつうで、なんの問題もなかった」裁判官がのちにそういう。高等中学校《ギムナジウム》、連邦軍での兵役、大学。二十六歳でハンブルクの保険会社に就職。三十五歳で損害保険部の副部長就任。四十二歳で北ドイツ担当者になり、四十六歳のとき、すすんでイスタンブールに赴任した。三年後、アラブ地域統括責任者になった。彼はよく働いた。自分の容姿に自信がなかったため、売春宿通いをした。あるとき、アッシャーは保険グループのセミナーに参加して、人生の目標はなにかとたずねられた。迷わず答えることができた。いつかまた〈湖畔邸〉に住みたいと思っていたのだ。彼の住居のナイトテーブルには、祖父の写真が飾ってあった。

†

アッシャーが五十四歳のとき、母親が死んだ。父親はすでに十二年前に他界していた。彼は母親の葬儀に駆けつけた。「命なかばにして、わたしたちは身罷《みまか》るもの」司祭はいった。その言葉がアッシャーの脳裏に刻みつけられた。

イスタンブールに帰る途中、アッシャーの心がざわついた。オフィスに出勤しても、仕事に身が入らない。やる気が失せ、集中することができなかった。夜になると、人生の選択をまちがえたという思いばかりが募った。

二ヶ月後、資産状況を税理士に相談した。母親の遺産、両親が所有していた住居、会社からもらえる退職金。それだけあれば悠々自適に暮らせることがわかった。それから二ヶ月、思案を重ね、雇用主に早期退職を願いでた。イスタンブールの貸家を解約し、ミュンヘンにある両親の住居も売却した。母親を埋葬して六ヶ月後、アッシャーは自由の身になり、〈湖畔邸〉に移り住んだ。

†

両親は、祖父の古い家具と書物を納屋に押し込んでいた。色あせたタペストリーを取り払い、絨毯をはがし、すべての部屋に漆喰《しっくい》を塗り白一色にしていた。両親が〈湖畔邸〉に足を運ぶことはめったになかった。ときおり週末や長期休暇のあいだに短期間やってくるだけだった。

アッシャーは古い家具を元にもどした。村の建具屋に頼んで、木製のブラインドや棚を修繕し、テーブルやライティングビューローを直し、板張りの床にヤスリをかけてもらった。アッシャーは何週間もインターネットでタペストリーを探した。かつて邸にあった中国風のタペストリーに似ている一九二〇年代の品を売る店をロンドンで見つけた。革の肘掛け椅子と布張りのソファはクリーニングにだし、木製のレコードプレイヤーもミュンヘンにある修理工場でふたたび使えるようにしてもらった。

一年後、便利な現代の道具をわずかに残して、家は祖父の時代とほぼそっくりになった。

それから数年、アッシャーは〈湖畔邸〉と村で過ごした。旅に出ることはめったになかった。夏になると、村のパン屋で朝食をとり、夕方はマルクト広場にある料理屋かアイスクリーム専門店に入った。村人とも親しく交わり、自衛消防隊に寄付をし、村の祭りや、聖体の行列や、民族衣装協会の催しに顔をだした。アッシャーはどこでも歓迎された。村でよくいわれる言葉を使えば、彼はうまく〝同化〟したのだ。アッシャーはまた、ときどきミュンヘンで劇や映画を鑑賞した。村に帰り、未舗装の坂道を車で〈湖畔邸〉まで上ると、きまって数分、車の中でじっとして過ごす。ヘッドライトを消し、すべてが静寂に包まれるのを待った。

†

アッシャーが邸に移り住んでから五年後、市民集会がひらかれ、湖岸に立ち並ぶ漁師小屋をまとめて開発業者に売却することが決定した。漁師小屋はすべて村の所有で、数年前から空き家になっていた。開発業者は、この平屋の建物群を解体して、敷地のきわに五棟の簡素な別荘を建てる許可を得た。観光業は村おこしになり、個人商店や飲食店が潤《うるお》うと期待された。

その敷地は湖畔に面していて、アッシャーの邸のすぐそばだった。この計画を耳にしたとき、彼は愕然とした。村長に面会し、村議会の議員にもひとりひとり会って、考え直すように説得した。すべて今ある姿のまま残すべきだと訴えたが、誰も耳を貸してくれなかった。アッシャーは弁護士を立てて、民事訴訟を起こし、敗訴した。村人はだれひとり、アッシャーが騒ぐ理由を理解できなかった。彼は生活用品を近くの小さな町で買うようになり、家政婦と酒の配送業者以外だれひとり〈湖畔邸〉に足を踏み入れさせなかった。

春にはじまった建築工事を、アッシャーは〈湖畔邸〉の前に置かれたベンチにすわって見張った。邸への進入路が三十分封鎖されたり、作業が朝の七時前にはじまったりするたび、警察に通報した。村の駐在所に勤務している若い女性警官もはじめのうちは対応したが、そのうちただのクレーマーだと判断して、電話があっても無視するようになった。

別荘地はあっという間にできあがった。小さな平屋の三間《さんま》からなる木造家屋。外壁はそれぞれ赤と青と緑に塗られた。三ヶ月かからずに物件は完売した。子どものいる若い一家が、それぞれの別荘で長期休暇や週末を過ごすようになった。

アッシャーは人が変わった。家政婦は、彼の独り言を頻繁に耳にするようになった。何時間もぶつぶつ文句をいいつづける。日々の暮らしがだらしなくなり、ろくに食事をせず、散髪もせず、服を着たまま就寝した。一日中ベッドに入ったままのこともよくあった。アッシャーは双眼鏡を購入し、チェックリストを作った。午後十一時以降も宴会をして騒ぐ家がある。ゴミの分別をしない家がある。日曜日に芝刈りをする家がある。昼の静かな時間に子どもが騒ぐ家がある。彼はチェックしたリストを警察や郡行政管理局や州首相に送った。抗議が正当なこともあったが、だれも取り合わなかった。

†

夏も終わろうとするある日曜日の晩、とうとうアッシャーの堪忍袋の緒が切れた。週末のあいだずっと騒音に悩まされていた。湖畔の夏祭りと銘打たれていた。アッシャー邸の郵便受けにも、招待状が入っていた。三日間にわたって、湖岸の道は駐車する車で埋まった。すべてミュンヘンナンバーだった。湖岸にいくつもスピーカーが設置され、大きな花火が打ち上げられた。人々はダンスに興じ、声を張り上げ、大声で笑った。

その夏、あることを心に誓い、アッシャーは毎日それを実行に移すところを脳裏に思い描いた。邸の地下室に祖父の武器保管庫があった。錆《さ》びついたピストル二挺、小銃三挺、弾薬八箱。銃器は登録されていない。祖父が昔、コンテナに入れて中国から持ち帰ったものだった。

アッシャーは小銃を構える練習をした。スイス陸軍が第二次世界大戦期に使用していたカービン銃だ。兵役の経験があったので、扱いは心得ていた。小銃を分解掃除し、油を注し、弾薬を装塡《そうてん》する。それから扉に狙いをつける。いつも大きな声で独り言をいう。「もう容赦しない」とか、「これでおしまいだ」とか。

ジンのボトルを持って、アッシャーは邸の前のベンチに腰かけ、ちびちびと飲んだ。小銃はすぐわきの壁に立てかけてあった。すっかり日が落ちると、台所にあったピンクの食器洗い用手袋をはめた。彼は保険会社の損害保険部にいたので、多くの犯罪者が犯す過ちを熟知していた。小道を辿って湖畔に下りる。明かりがともっている別荘は一軒だけだった。他の別荘の住人はもう町に帰っていた。

アッシャーはブーツで木製のドアを蹴った。その別荘は、あるホテル支配人の所有だった。子どもがふたりいて、犬を一頭飼っていた。妻がバスローブ姿でドアを開けた。彼女は二十九歳だった。小銃の銃口を見るなり、悲鳴をあげ、横を向いた。条件反射だった。弾丸は彼女のわきの下に命中し、左右の肺と心臓を貫通した。彼女はすぐ床に倒れた。アッシャーは彼女の体をまたいで、部屋を見てまわった。夫はふたりの子どもを連れてミュンヘンに帰っていた。妻だけ別荘に残って、片付けをしていたのだ。

重傷を負いながらも、彼女はドア口まではっていった。アッシャーは彼女の上に仁王立ちして、小銃に再度、弾薬を装塡した。「やるなら、とことんやる……」彼はいった。弾丸は彼女の第五頸椎《けいつい》と第六頸椎のあいだを切断した。アッシャーは死体の両足を持って家の中に引きずり込んでから明かりを消し、家から出て、ドアを閉めた。

〈湖畔邸〉の地下にもどると、アッシャーは工作台で小銃を三つに分解し、それから衣類をすべて脱いで、食器洗い用手袋やブーツといっしょにゴミ袋に入れた。シャワーを浴びて新しい服を身につけると、車に乗って、数キロ離れたムルナウアー・モースと呼ばれる大きな湿地帯へ向かった。分解した小銃と弾薬を泥穴に投げ込み、ゴミ袋を燃やした。

†

死体が発見されたのは水曜日になってからだった。妻と連絡がつかなかったので、夫が様子を見にやってきたのだ。郡庁所在地から来た殺人捜査課の捜査官たちは最初、夫の犯行ではないかと疑った。それから強盗殺人の線も洗ったが、結局、決め手はなかった。警察は一家に敵がいないか調べたが、被疑者は浮かばなかった。他の別荘の所有者が召喚されたが、全員アリバイがあった。アッシャーも証人として事情聴取されたが、なにも見なかったし、聞かなかったと答えた。そのとき、アッシャーが別荘地開発に反対し、ことあるごとに苦情をいっていたことを、駐在所の女性警官が思いだした。検察官はアッシャーの家の捜索令状を請求した。しかし捜査判事は、「信憑性《しんぴょうせい》があまりに低い」といって請求を却下した。

†

事件から五日後、アッシャーは夜中に酔っ払って地下室の階段で足を踏みはずし、腰骨を折り、頭を石の階段にぶつけてしまった。三十分ほど意識を失って倒れていた。意識は取りもどしたが、動くことができなかった。翌日、家政婦が彼を見つけ、携帯電話で緊急通報した。駐在所の女性警官は〈湖畔邸〉へ向かい、救急車を呼んで、アッシャーが病院へ搬送《はんそう》されるのを見送った。警官は数分のあいだ、地下でひとりになった。武器保管庫が半開きだったので、扉を開けてみた。武器保管庫の内側には緑色のビロードが張られていた。二挺の小銃が立ててあったが、三挺目が欠けていた。だが床尾《しょうび》の跡がビロードに残っていた。さっそく殺人課に通報した。

今回は検察の思いどおりになった。アッシャーが入院しているあいだに家宅捜索がおこなわれた。残されていた小銃二挺は凶器ではなかった。弾薬もホテル支配人の妻を殺害した弾丸と一致しなかった。アッシャーの家政婦が事情聴取された。武器保管庫はいつも施錠されていたという。警察はこの証言が状況証拠になると判断した。アッシャーの様子に変わったところはなかったかという質問に、家政婦は答えた。

「旦那さまは四六時中独り言をいいますし、酔っ払っていることが多いですが、悪いことをする方ではありません」

警察は、アッシャーが殺人に関わっていると確信したが、捜査に進展はなかった。担当検察官はアッシャーの病室を盗聴する許可を裁判所に求めた。捜査当局は、彼が見舞客に殺人のことを話すのではないかと期待したのだ。捜査判事はためらったが、結局、盗聴を許可した。警察は、アッシャーが腰の手術を受けているあいだに、病室に盗聴マイクを仕掛けた。

それから数日、警察はアッシャーの独り言を聞きつづけた。口にするのは悪態ばかりだった。腰骨の骨折のこと、頭痛のこと、食事がまずいこと、看護師の頭が悪いこと、藪《やぶ》医者ばかりだということ。だが、だれひとり見舞いにこなかった。警察があきらめかけたとき、アッシャーが突然、殺人の夜のことをしゃべりだした。「もっと早くやるべきだった」とか、「あのあと、あの掘っ立て小屋に火をつければよかった」とか。病室にいたのはアッシャーだけだった。

アッシャーは緊急逮捕された。取り調べで、警察は彼に放火したかったのだろうと鎌をかけた。「殺人の自白にあたる」と警察は彼にいった。小銃と弾薬をどこに隠したか問いただし、全部洗いざらい自供した方が身のためで、もう言い逃れはできないといって迫った。アッシャーは無実を主張した。五時間経って、彼はようやく弁護士を呼ぶよう要求した。弁護士は女性だった。捜査判事は殺人容疑で勾留状を発付した。

†

拘置所でアッシャーは告解をした。自分がよくわからない、自分がなにをしたのか理解できないと司祭に訴えて、「わたしはひどい人間だ」ともらした。

逮捕されてから四週間後、勾留審査を受けることになった。捜査判事は、なにも話す必要はないとアッシャーに告知してからアッシャーの弁護人と検察官のふたりと長い時間話をした。黙秘権について、また日記や盗聴、上級裁判所の判例についても。

アッシャーは、自分が撃ち殺した若い女のことを思った。髪の色はなんだっただろう。彼女はなにかいっただろうか。爪に赤いペディキュアを塗っていたのは記憶している。彼は突然、不安を覚えた。そこはかとない不安。だが、なににおびえているのかわからなかった。アッシャーは立ち上がった。弁護人が小声で、すぐにすわるようにいったが、アッシャーはそのまま立っていた。なにかいわなければならない。

「わたしは」口の中が乾き、身じろぎひとつできない。頭の中には、〈湖畔邸〉にもどりたいという思いがあった。あそこは昔、こんなに込み入っていなかった。そして静かだった。

「なにかいいたいのですか?」捜査判事が声をかけた。とてもやさしい言い方だった。

「わたしは……わたしは」アッシャーは気分が悪くなり、ふたたび腰が痛くなった。弁護人がなにかいってくれないかと思った。しかし、だれひとりなにもいわなかった。捜査判事が彼を見た。アッシャーは床を見つめた。どうしたらいいのかわからなくなり、また腰を下ろした。

捜査判事は眼鏡をとって、手元に置いた。

「アッシャーさん、なにかいいたいことがあるのですか?」

「いいえ、すみません」

「病院にだれか見舞いにきましたか?」捜査判事がたずねた。

「わたしの依頼人は黙秘するといっています」弁護人は大きな声でいった。

「いいえ、だれも来ませんでした」アッシャーは答えた。

「あなたは独り言をいう癖があるのですか?」捜査判事がたずねた。

「はい」

「病院でも?」

「たぶん」アッシャーはいった。

「なるほど」捜査判事はうなずくと、ふたたび眼鏡をかけ、なにかメモを書いた。弁護人がなにか発言した。耳障りだ、とアッシャーは思った。検察官は弁護人の発言に何度も口をはさんだ。ふたりは声を張りあげた。弁護人がなにか書類を持参してきていて、それを机越しに捜査判事に差しだした。判例だ。アッシャーはそう説明を受けていた。三十分後、捜査判事はいった。

「双方の主張は聞きました。考えてみます。本日の勾留審査はここまでにしましょう」

　次の日、アッシャーはふたたび捜査判事の部屋に連れてこられた。彼の弁護人は、髪をアップにしていた。殺害した若い女のうなじがアッシャーの脳裏に浮かんだ。あの女は緑色のバスローブを身につけていて、石鹸《せっけん》のにおいがした。事件当時、彼はそのことにすぐ気づいた。女はバスローブの下に白いアンダーウェアをつけていた。だが、彼がそのことに気づいたとき、アンダーウェアは血に染まっていた。アッシャーは自分の席にすわった。

「人間の思考を監視することは許されていません」捜査判事がいった。「日記とちがって、独白は思考を声にだしたものです。何人《なんぴと》もそれを聞いてはならず、また記録してはなりません。独白は人間の私領域なのです。法治国家は、真実を明らかにするためだからといって、なにをしてもいいわけではありません。そこが無法国家とちがうところです。法治国家はみずからに制限をかけるのです。この制限に堪えることは、しばしば困難を伴います。わたしたちはみな、そのことを知っています。しかし人間の思考は自由でなければなりません。人間の思考が国家による検閲を受けることは決して容認できません。したがって、病院での盗聴記録は証拠として採用するわけにいかないのです。今回の事件では、被疑者の犯行を示唆《しさ》する証拠が他にない以上、勾留状は撤回されます。小銃とピストルを所持していたことによる武器取締法違反で未決勾留を延長することはできません」

検察官が騒ぎだした。この結論に異議を申し立て、判決が出るまでの未決勾留を請求した。

「いいえ」捜査判事はいった。彼は落ち着いていて、アッシャーの名が記された手元の赤いファイルを閉じた。「わたしの結論は、連邦裁判所の判例と一致します。上級裁判所が異なる判断をするとは思えません。あなたの請求を却下します」


二時間後、アッシャーは裏口から拘置所を出た。正門では、ジャーナリストたちが待ちかまえていた。彼はバス停で弁護士と待ち合わせた。

「しばらくは村にもどらない方が無難でしょう」弁護士はいった。「ほとぼりが冷めるのを待った方が得策です」

弁護士は裁判所の近くにあるペンションにアッシャーを連れていった。アッシャーは二階の小さな部屋に通された。私物を入れたバッグを床に置くと、テレビをつけた。地元のニュース番組が彼の事件を報道していた。村と別荘地と〈湖畔邸〉の写真が映っていた。アッシャーはベッドに横たわった。シャツのボタンをはずし、指で皮膚のあざをなでた。

真夜中になった頃、彼は客室のバルコニーに出て椅子にすわった。その日最後の上映が終わったのか、向かいの映画館からぞろぞろ人が出てきた。アッシャーは思った。みんな、これから友だちといっしょに映画や仕事の話などをするのだろう。それから帰宅する。それぞれの家やアパートに。

†

六年後、アッシャーは肝臓がんにかかり、病院で息を引きとった。二度と村にもどることはなかった。地元で〝人殺しの館〟と呼ばれるようになった邸を何度か売却しようとしたが、うまくいかずに終わっていた。アッシャーが小さい頃一度だけ会ったことのある遠縁の女が、唯一の遺産相続人だった。彼女はマドリードに暮らしていて、使い道がなかったので邸を村に寄贈した。二階と三階は郷土博物館となり、一階は貸しだされて、レストランになった。レストランのホームページには「テラスからは湖の静けさと〈青い土地〉（オーバーバイエルン地方のシュタッフェル湖周辺の呼称）が堪能できます」と書いてあった。

奉仕活動《スボートニク》

Subotnik

セイマの父親は、十八歳でトルコからドイツへやってきた。ルール工業地帯の炭鉱ですぐに働き口を見つけ、十九歳でおなじ故郷の女を妻に迎えた。結婚の段取りをつけたのは両親だった。二十歳で、はじめて父親になった。彼は働いている国のことをろくに知らず、言葉も解さなかった。いつか自分の国に帰るつもりだった。「おれの村から見えるアララト山に、ノアの方舟が漂着した」というのが自慢で、その村に家族で住む家を建てようと金を貯めていた。家の図面はすでにリビングにある戸棚の上の方に保管してあった。

セイマは長女だった。しかし故郷の少女とはちがっていた。頭にスカーフをかぶりたがらなかったので、父親は強要するほかなかった。

セイマは両親の伝統的な暮らしや宗教にまったく関心を示さなかった。彼女は以前いった。

「わたしたちの生き方がすべてだと思ったら大まちがいよ。もっとちがう生き方がしたい。全然ちがう生き方がしたい」

父親は彼女に、妹たちよりも厳しくあたった。セイマの行く末が心配なばかりに、彼女の意志をくじこうとしたのだ。セイマは二日に一度、家に監禁された。小遣いをもらえないこともたびたびだった。そして家の掃除や、父親の車の洗車を命じられた。だがセイマは頑固で、意志を曲げなかった。十六歳で実業学校から高等中学校《ギムナジウム》に転校した。大学入学資格試験に合格した翌日、「別の町に引っ越して、進学する」と両親に告げた。父親は罵倒した。

「出ていくのなら、勘当する」

父親はセイマを殴ろうとした。母親が間に割って入った。翌日、セイマが駅へ向かうと、母親もこっそり家を出てきた。列車の中で母親は娘を抱き、持ち金をすべて与えた。

「きっと丸く収まる。父さんもすぐに気持ちを静めるでしょう」

母親はそういったが、そんなはずがないことを、セイマは知っていた。

セイマはベルリンで父方のおじのところに八週間住まわせてもらい、おじが営むレストランの手伝いをした。その後、法学部への入学が認められ、学生寮に移った。最初の二年で、それまでやり損ねていたことを遅まきながらすべてやった。飲酒、エクスタシーとコカイン。クラブ通いはしばしば午前様になった。大学の講義に興味が持てないまま、別の生き方を求めた。たまに母親に電話をかけ、数分間話をしたが、自分のことは話したためしがなかった。あるパーティのあと、目を覚ますと、知らない男ふたりに挟まれて寝ていたことがあった。素っ裸だった。そこがどこなのか皆目わからなかった。そのときはじめて、まずいと思った。ぶざまな自分をさらしたくなかった。両親にも、そして自分自身にも。セイマは猛勉強をはじめた。

講義がない日、セイマは刑事裁判所を訪ね、公判を傍聴するようにした。あるときそこで、年配の弁護士の弁護を傍聴する機会があった。彼の依頼人は脱税の容疑で起訴されていた。家宅捜索の際、被告人の金庫からバイアグラのパックとペニスサックが見つかった。警官が公判中にそのことをからかった。老弁護士は書類から顔を上げた。

「他人の弱点をからかって、恥ずかしくないのですか?」

たったひと言。小さな声で、ほとんど抑揚もなかった。訴訟手続きにはなんら関係がなかったし、依頼人の罪とも無関係だった。しかし、そのあと法廷はしんと静まり返った。自分の来し方がセイマの脳裏をよぎった。五年後、その弁護士が共同経営している法律事務所に履歴書を送った。

†

その法律事務所は評判がよかった。セイマが法廷で傍聴したシニアパートナーは四十年前、難しい公判を制したことで有名な人物だった。その弁護手法は当時、紛争的弁護と呼ばれた。だがその法律事務所は現在、主として経済犯罪しか扱っていなかった。勤務する弁護士たちの仕事はデスクワークばかり。時間給にして六百ユーロから一千ユーロ。裁判になるのは例外的なケースで、たいていの案件が示談や書面による長いやりとりで解決されていた。事務所が難しい犯罪事件を扱うことは年に一、二度ほどあった。みんなが〈おやじさん〉と呼んでいるシニアパートナーによると、それは必要なことだった。「刑事訴訟法は実際に法廷に立たないとわからない。法廷で命を吹き込まれる」というのが〈おやじさん〉の持論だった。

セイマは、採用時の面接になんの心配もしていなかった。ふたつの国家試験に優秀な成績で合格し、大学の刑法教室の研究助手も経験ずみ。法学雑誌には判例コンメンタールを十四本も書いている。博士論文は、未決勾留時の人権についての欧州司法裁判所判例に関するものだった。すでに十二分の業績を持っていた。

法律事務所の事務長は、セイマを大きな面談室に招き入れた。事務長は禿頭《はげあたま》で、肌はうっすらピンクがかっていて、犬歯が目立った。セイマは、シニアパートナーも同席するのかとたずねた。

「法律事務所の管理運営には関わっていません。ですので、弁護士や秘書、司法修習生、研修生の採用についても関知していません」と事務長はいった。

事務長はセイマの書類を逐一確認した。研修先の評価、国家試験の成績、裁判官および検察官の評価、博士論文、個人的関心。事務長は理路整然と確認作業をすすめ、それからセイマにいくつかプレッシャーのかかる質問をした。

「いくらでも金をだすといわれても、金と交換したくないものはなんですか？」

「どういう質問はされたくないですか？」

「あなたがこれまでにした最悪の失敗はなんですか？」

セイマはすべて落ち着いて無難な返答をした。くだらない質問だと思ったが、そんなことはおくびにもださなかった。事務長はめったにセイマの顔を見なかった。視線はほとんどいつも彼女の胸に向けられていた。男の考えることなど、セイマは先刻承知だった。

二十分ほど経ったとき、意外なことに〈おやじさん〉が面談室に入ってきた。

「つづけたまえ」そういって、部屋を横切ると、〈おやじさん〉はテーブルの端に腰を下ろし、「そこに花を活けたのはだれだね?」とたずねた。

「新しく入った秘書です」事務長がいった。

「なぜかね?」

「その方が感じがいいと……」

「片付けてくれ」〈おやじさん〉は事務長に最後までいわせなかった。「ここは弁護士事務所であって、ブティックではない」〈おやじさん〉は花瓶をわきにどけた。「どうぞ、つづけて」

〈おやじさん〉は椅子の背にもたれて、目をつむった。集中している、とセイマにはわかった。公判でそういう仕草を目にしていたからだ。事務長はそのあともつまらない質問をつづけたが、そのうちネタ切れになった。

〈おやじさん〉が目を開けた。

「終わりかね?」とやさしげにたずねた。

事務長はうなずいた。

「では、わたしもひとつ質問をしていいかね、デレド……」〈おやじさん〉はセイマの名字をうまくいえなかった。「すまない。氏名をもう一度いってくれないかな?」

「デレデンコブデュルカディール」

「デレンデン……」

「セイマと呼んでください」彼女はいった。

「ありがとう。いや、すまない」〈おやじさん〉はいった。「いいかね、わたしは学業成績など信じないんだ、セイマ。法律家が刑事事件の弁護人としてやっていけるかどうかは、公判ではっきりする。法律家としては有能だが、刑事弁護士としては箸《はし》にも棒にもかからない者を何人も知っている。すぐれた弁護人は刑事訴訟法を熟知している者だ。とはいえ、きみの履歴書を読ませてもらった。たいしたものだ。コーラン学校の話をしてくれるかね?」

セイマは〈おやじさん〉を見つめた。妙な質問だ。すこしためらいを覚えた。

「わたしはカトリック系の基礎学校で学びました。しかし八歳から、毎週末、つまり土曜日と日曜日にはコーラン学校に通いました。授業は朝の十時から夕方の六時までありました。そこに通ったのは、両親が望んだためです。ホージャが……」

「宗教の教師だね?」〈おやじさん〉はたずねた。

「はい。ホージャがいいました。ヒジャブを頭にかぶらなければ、地獄に落ちると。イスラーム法で規定されている他のことも、背けばおなじ運命が待っているともいいました。子どもでしたから、非常に不安を覚えました」

「その学校には罰則もあったかね？」

「はい」

「どのような罰則だね？　そして、どういうことに対して？」

「もっぱら注意散漫なときに罰せられました。教師は棒で指の先や指関節をたたきました。それほど痛くはありませんが、みじめな思いを味わいます。そして、それが狙いでした」

「その学校ではなにを学んだんだね？」

「コーランです。信徒はすくなくとも一生に一度は読み通すことが義務づけられています。わたしは学校で五度読み通しました。授業はトルコ語で、コーランはアラビア文字で読みました」

「卒業したのは何歳だね？」

「十七歳。しかしそれで終わりではありませんでした。父は鉱山労働者でしたが、家庭教師をわたしにつけたのです。いつも飴《あめ》をなめ、トルコ語がへたな人でした」

「なぜ家庭教師をつけられたんだね？」

「両親は、わたしに学をつけたいと望んだんです。わたしに才能があると見込んだホージャにすすめられたので。わたしはイスラーム法の学院にすすむことになりました。女の子にとってはとくに名誉なことでした」

「きみはどうしたんだね？」

セイマは間を置いてからいった。「時が来るのを待ちました」

「どういうことかな？」

「十二歳のときから、成人するまでもうすこしだと毎日自分に言い聞かせていたんです。大学入学資格試験に合格した翌日、ずっとやろうと思っていたことを実行に移しました。ヒジャブをゴミ箱に捨てたんです。それから今日まで一度もかぶっていません。その日の朝、家庭教師に電話をかけ、もう来なくていいといいました。そして朝食の席で、大学に進学すると両親にいいました。父は怒りました。おまえはおれよりも勉強ができるが、高望みはするな、と。父は、わたしを歯科助手にしようとしていました。あの仕事を高く買っていたんです。わたしは父のことがとても好きです。はっきりものをいう人です。尊敬に値します。しかし住む世界がちがうのです」

「それから？」〈おやじさん〉がたずねた。

「家を出て、しばらく二重生活をしました。両親に対しては、しとやかなトルコ娘を演じましたが、実際には他の若い女性とおなじような生き方をしました。わたしがクラブでアルバイトをし、短いスカートをはき、ドイツ人の恋人がいると知ったら、父は卒倒したでしょう」セイマは、思った以上に話してしまったことに気づいていた。〈おやじさん〉は彼女を見た。セイマは目をそらさなかった。

「なぜ法学を専攻したんだね?」〈おやじさん〉がたずねた。彼の声は柔らかかった。その質問はすでに事務長がして、セイマは答えていた。それが社会の基本であること、また人としての責任や理想の人間形成や法への熱い思いについて語った。説得力のある返答だったはずだ。だが今回は沈黙した。

「なぜだね、セイマ?」〈おやじさん〉はもう一度、小さな声でたずねた。

「二度と他人から指図されたくないからです」セイマも小声で答えた。「法がわたしの権利を守ってくれるはずですから」

〈おやじさん〉は上着のポケットから銀の煙草入れをだして、ぱちんと蓋《ふた》を開け、また閉めた。事務長がなにかいおうとすると、首を横に振って制した。

「あなたの望みをかなえよう。うちで働いてもらう」〈おやじさん〉はいった。「報酬はいくらほしいかいってくれ。それからいつから働けるかも」

〈おやじさん〉は腰を上げると、ドアのところへ歩いていった。それからもう一度振り返った。

「ありがとう、セイマ。きみの度胸を買う」そういうと、〈おやじさん〉は面談室から出ていった。

†

一週間後、セイマはその法律事務所で働きだした。最初の四ヶ月は書類を読み、そこに注をつけて過ごした。ときおり先輩のアソシエイト弁護士に連れられて打ち合わせに同席した。案件は収賄罪、破産手続き、背任罪、インサイダー取引。調書は数千ページにわたり、弁護士が作成する文書も数百ページにおよぶ。法律事務所はプロフェッショナルらしく組織され、効率がよかった。普段の会話でも敬語を使い、男性スタッフはグレーか黒のスーツを身につけ、女性スタッフもおなじ色調のレディーススーツを着ていた。

セイマは〈おやじさん〉とめったに顔を合わすことがなかった。〈おやじさん〉は外出していることが多かったからだ。依頼人は大企業や銀行のトップだったり、著名なミュージシャンや俳優だったりした。なにもかもセイマが想像していたものとちがっていた。望んでいた人生ではなかった。

毎週月曜日の九時、事務所ではアソシエイト弁護士が全員集まって、進行中の案件について話し合う。出席は義務づけられていて、公判日であったり、病気や休暇中であったりしなければ、欠席は許されない。〈おやじさん〉はめったに同席しなかったが、その日の朝は、事務長といっしょにはじめから面談室にいた。

スーツやレディーススーツで身を固めた同僚たちの中で、セイマだけ派手な色合いの丈の長いセーターを着て席につき、両足を抱えて、膝《ひざ》に顎をのせていた。深緑色のタイツの色味が会議机の深緑色のリノリウムと合っていると思った。彼女はそのタイツが気に入っていた。パッケージの謳い文句に〝不透明〟とあったからだ。

「あたらしい弁護の依頼がきた」〈おやじさん〉はいった。「依頼人は人身売買、売春などの罪で起訴されている。すでに九ヶ月未決勾留され、公判手続きへの準備がすすめられている。以前の弁護人は被告人の希望で辞退した。わたしはこの案件を引き受けた。むろんわたし自身が出張るのはむりなので、きみたちのだれかに任せたい。仕事が山積みなのは承知の上だ。被告人は、わたしが駆けだしの頃の依頼人の甥の息子だ」

その場にいた弁護士たちは互いの顔を見ようとしなかった。みんな、重犯罪に関わることを望んでいない。そういう案件は事務所の評判に傷をつける。窃盗犯や売春斡旋者や強姦魔の代理人になるのは唾棄《だき》すべきことで、経済犯罪の方がやりがいがあり、依頼人の人品もよい、と思っているのだ。

「だれか引き受ける者はいないか?」〈おやじさん〉はたずねた。

「わたしは租税違反の件で……」古参のアソシエイト弁護士がいった。高級な紺色のモヘアスーツを着ている。

「いいや」〈おやじさん〉は口をはさんで微笑んだ。「あの件は落着した。今朝、無条件で訴追が中止された。おめでとう」

モヘアスーツの弁護士は机に目を落とした。学校で先生に指されたくないときにそうしたな、とセイマは思った。その瞬間、自分がどれだけ自由か気づいた。会議机に向かっているのは十四人の男女。みな、すぐれた法律家で弁護士だ。頭が切れ、救いを求めている人を弁護する資格を有している。リベラルで、心が広い。英語やフランス語やスペイン語を解する。髪をかっちり七三に分けている若い弁護士などは中国語もできる。みんな、政治の動向に詳しく、スキーやゴルフをたしなみ、重要な古典文学も読んでいる。自宅には、バウハウスのランプやイームズチェアやル・コルビュジエのソファがある。彼らは家でヴィーガン給食や父親休暇や幼稚園内にあるイスラーム教の祈禱室に難癖をつける。ゴミの分別をし、四年に一度、右派ポピュリズム政党に投票する。しかし自由ではなかった。自由だったことなど一度もなかった。この会議机はセイマの居場所ではない。テロリストの弁護をした若い頃の〈おやじさん〉も、ここに安住しなかったはずだ。

「わたしが引き受けますが」セイマはいった。

〈おやじさん〉はセイマを見て、うなずいた。

「難しい訴訟手続きになる。公判は何日もつづき、精神的にきつい案件だ」

「平気です」セイマはいった。

「では、決まりだな」〈おやじさん〉はそういって微笑んだ。

そのあと、いつもの打ち合わせに入った。だがセイマはろくに聞いていなかった。

†

検察局は三年にわたって捜査してきた。調書は一万ページ近くになる。起訴状には、依頼人が犯罪組織のボスだと記されていた。その犯罪組織は、ウクライナやルーマニアの娘をベルリンに連れてきて、売春宿を営んでいる。娘たちはそこで客の相手をさせられる。しかし、それを証明するのは困難を極めた。長いあいだ、男の写真すら入手できず、娘たちは男を訴えようとせず、また、したくてもできなかった。捜査は四ヶ国にまたがっておこなわれた。主犯のものと思われる電話番号を何度もつかんだ。

捜査がはじまって二年半後、男は偶然にも盗難車に乗っていて非常線に引っかかり逮捕された。助手席に、監視していた携帯電話が置いてあった。捜査当局は、逮捕された男が主犯だとにらんだ。勾留状は発付されたが、警察はその後も証人を見つけられずにいた。結局、男を釈放することにならないよう、検察局は起訴した。証拠は不充分だったが、裁判所は訴訟手続きをすすめた。


はじめて拘置所で接見する際、セイマは〈おやじさん〉に同行したが、そのあとは彼女ひとりで依頼人と打ち合わせをすることになっていた。拘置所で依頼人が来るのを待っていたとき、〈おやじさん〉から、法廷に立つことになるが不安はないかとたずねられた。平気だと答えたが、内心はどきどきしていた。

依頼人はジーンズに黒いTシャツ、スニーカーという出で立ちだった。依頼人がハンサムで、人当たりがよかったので、セイマは驚いた。依頼人は〈おやじさん〉に一目置いているようだった。

〈おやじさん〉は、調書の要約をするよう、セイマにいった。彼女は夜のうちに練習しておいた。自分がプロで、経験豊富だという印象を与えたかったのだ。彼女が調書の要約を伝え、通訳者がそれを訳すと、起訴内容はそれですべてか、と依頼人はたずねた。セイマは肯定した。依頼人は、どういう弁護をするつもりか教えろといって、椅子の背にもたれかかった。Tシャツのすそから刺青《いれずみ》がちらっと見えた。調書には依頼人の上半身と両足の写真が添付されていた。胸には派手な色の双頭のワシ、腹部には一対の大きな人間の目、背中にはモスクワの聖ワシリイ大聖堂、ニューヨークの自由の女神、ドル札、スターリンの頭像。両肩には星があしらわれ、右の太ももには釣りざおを持った裸の少女。刺青はどれも稚拙な線画で、サハリンの刑務所で彫らせたものだという。調書には、これらの刺青が、ロシアンマフィアの幹部で婦女暴行を犯している者の証だとある。〈おやじさん〉は、そんなことはないといっていた。「刺青はなんの証拠にもならない。ロシアでは刑務所ごとに図柄がある。ウラルとサハリンではぜんぜんちがう。それから刺青は電動カミソリやナイフや汚れた針で彫られ、そのせいで多くの受刑者は破傷風や梅毒に感染する。本当に大物のマフィアは、そもそも刺青など彫らない」

セイマは、証拠はひとつしかないことを依頼人に伝え、捜査上のささいなミスや、調書の矛盾を指摘した。そして、訴訟手続き中は黙秘したほうがいいと助言した。接見は三時間つづき、接見用の狭い監房は息苦しくなった。三人とも疲れきった。

出口に向かう途中、〈おやじさん〉がいった。

「よくやった。そうやって距離を保つことだ。けっこう難しいことだがな。見た目は普通だが、あいつは非常に危険な奴だ」

†

公判は六週間後にはじまった。捜査官に対する証人喚問、ロシアとルーマニアから届いた調書の朗読、電話の盗聴記録の再生などが一日中つづいた。休憩時間に、裁判長は、いまだに有罪だと確信できないといった。依頼人はセイマの助言に従って、沈黙を守った。

八回目の公判の朝、検察官が三十分遅刻した。彼は薄い紙の束を手に持っていた。警察が昨夜遅く、新たな証人に事情聴取した。今のところまだ非常に短く、核心をつく証言ではないという。検察官は裁判長とセイマに証人調書のコピーを渡した。

「証人は今朝、取り調べ専門官に伴われてここへ来ています。外の廊下に待たせています。証人はおびえていて、身を隠す恐れがあります。ですので、今日この場ですぐ証人尋問をするよう提案します」

セイマは抗議した。「準備に時間がいります。証人調書を静かな環境で精査し、依頼人と相談するための時間を求めます」

「文書は二枚半ですよ、弁護人」検察官はいった。

「どのくらい時間が欲しいのですか？」裁判長はたずねた。

「すくなくとも二日」セイマはいった。「拘置所で依頼人に接見する必要があります。毎回、通訳人が必要です。おわかりでしょう」

裁判長はうなずいた。「こちらにも時間が必要です。しかし検察の事情もわかります。午後二時まで審理を中断し、それから証人尋問をおこないます」裁判長はセイマの方に顔を向けた。「あなたはそのあいだ被告人や法廷通訳人とここに残って、準備をしてください」

休憩時間に、セイマは法廷通訳人が翻訳した証人調書を依頼人に読んで聞かせた。被告人は肩をすくめ、いうことはなにもないといった。

午後二時、公判が再開した。若い女が法廷通訳人と並んで裁判官の前の証言台に向かってすわった。彼女は裁判長だけをじっと見つめた。「被告人が法廷にいるかぎり、証言はしません。こわいんです。それから傍聴人に聞かれるのも、恥ずかしくていやです」

検察官は被告人と傍聴人の退廷を申請した。セイマが異議を申し立てたため、裁判長は審理を中断させた。

　控え室にさがった裁判官たちが数分後、法廷にもどってきた。裁判長は検察側の申請を受諾すると告げた。被告人は立ち上がると、証人に向かって微笑み、うなずいた。首の血管が脈打っていた。廷吏がふたりついて、彼を房に連れもどした。傍聴人も法廷から出た。


　証人ははじめ訥々《とつとつ》とした口調だったが、しだいに熱を帯びていった。話題はルーマニアの村で農業を営む家族のこと、両親の家で暮らす小さな妹のことだった。被告人は彼女に声をかけ、ベルリンに老人介護ヘルパーの口があって大金が稼げるといった。月額九百ユーロ。村では一年分の稼ぎに相当する。彼女は両親と相談し、被告人についていった。被告人は感じがよく、ハンサムで、彼女は男の本性を見抜くにはあまりにもうぶだった。国境を越えると、被告人は彼女のパスポートを取りあげた。もう必要ない、といって。

　彼女たちはベルリン郊外の掘っ立て小屋で夜を明かした。薄汚く、壁は湿気を帯びて、カビが生えていた。その夜、被告人は彼女に、かかった金の埋め合わせをしてもらうといいだした。旅費、食費、宿泊費がかさんだというのだ。

「おまえはかわいいから、こき使ってやる」

逃げようとしたが、被告人にドアを施錠されてしまった。

次の日の朝、彼女は家に帰してくれといった。だが被告人はまったく取り合わず、スポートニクの時間だといった。彼女はその言葉を学校で覚えた。スポートニクとは奉仕活動のことだ。みんなで校庭や教室の掃除をすることを意味した。しかし被告人のいう奉仕活動《スポートニク》は似て非なるものだった。

「あいつは立ち上がって、掘っ立て小屋のドアを開けました。男が五人入ってきました。建設作業員だったと思います。汚れた作業着を着ていて、汗臭かったのを覚えています。男たちはわたしの服を脱がし、ベッドにしばりつけました。抵抗しましたが、なす術《すべ》がありませんでした。男たちに何度も何度も辱《はずかし》められました。男たちはときどき休憩をとり、酒を飲んで、テレビをつけました。それからまた慰《なぐさ》みものになりました。ビール瓶を押し込まれ、小便をかけられました。陵辱《りようじよく》は何時間つづいたかしれません」

そのうち被告人がまたあらわれ、男たちを外にだした。

「おれに逆らうな。さもないとまた奉仕活動《スポートニク》をさせる」と、被告人はいった。

彼女が、死んでやるというと、被告人は鼻で笑った。

「おまえには小さな妹がいるな。何歳だ？　七つか、八つか？　まだ男の相手をするには幼すぎる。いや、そうでもないかな。試す価値はあるな」

被告人は文字どおりそういったという。

「いうことを聞くしかありませんでした」

被告人はベルリンのとある住居に彼女を連れていった。そこで他の女六人と二年間暮らした。そこには見張りの男がひとりついていた。六人の女も彼女とおなじ境遇だった。毎日十人から十二人の男の相手をさせられた。一時間あたり三十ユーロ。客は女になにをやってもよかった。彼女は金を一銭ももらえず、週に一度だけ食べ物や化粧品を買うためにその住居から出ることを許された。もちろん見張り付きだ。ドイツ語はラジオとテレビで習い覚えた。だがドイツ語は二度と使いたくないという。

「客の多くは、とても口にできないようなことを要求しました。裁判官にはとても話せないことです。いいえ、だれにも話せません。わたしたちが拒むと、被告人がやってきて、奉《スボ》仕活動《ートニク》をさせるぞと脅しました。一度、いっしょに暮らしていた子の髪を被告人がわしづかみにして車に無理矢理乗せたことがあります。わたしたちは窓からその様子を見ていました。その子はそれっきりもどってきませんでした」

非常に長い証言になった。裁判長は逐一質問した。時間と場所、関係者の氏名、被告人の車の種類と電話番号。また警察が撮影し、調書に収められた写真を証人に見せた。住居とその室内、通り、その他、事件に関連すると思われるもの。若い娘はどの質問にも答えた。

「どうやって逃げたのですか？」裁判長はたずねた。

「病気になったんです。体重が十八キロも減り、男に触られただけで悲鳴をあげるようになりました。もう耐えられなかったんです。あの男から、奉仕活動《スボートニク》をさせると脅されましたが、もうどうでもよくなっていました。あの男はわたしをさんざん殴りました。それでもわたしが拒むと、あの男はわたしの右目をナイフで切りました。ひどい出血をしました。死んだら面倒だと思ったんでしょう。見張りがわたしの顔にビニール袋をかぶせて、病院の玄関に放りだしたんです。そんな顔ではもうだれも買わないでしょうし」

「それから？」

「病院で治療を受け、失明せずにすみました。警察が来て、いろいろ質問されましたが、わたしは転んで、顔をガラスにぶつけたと言い張りました。退院すると、わたしは家族の待つルーマニアに帰りました。それから二年が経ちます」

「今回、ここへはどうやって来たのですか？」裁判長がたずねた。

「ルーマニアの警官に連れられてきました。ベルリンでのことは一切話したことがなかったのに、村では噂になっていました。二、三週間前、ふたりの警官が村に来て、わたしに話があるといいました。ドイツの捜査当局が協力を求めているといわれました。わたしが住む地域で女の子をさらっていた手配師がベルリンで裁判にかけられている、と。長く家を離れていた女性に、その被告人が人身売買の手配師かどうかたずねてまわっているといって、被告人の写真を見せられました。あの男でした。証言台に立つかどうかしばらく悩んだのですが、訪ねてきたふたりの警官に電話をかけました。そのあと警察がすべて段取りをして、昨日そのひとりといっしょにここへ来ました」

「ここへ来て、証言する決心をしたのはなぜですか？」裁判長がたずねた。

「他の女の子のためです。この町には女の子を監禁しておく住居がたくさんあるんです。どこにあるかまでは知りませんが、そういう話を何度か耳にしました。まちがいありません」

裁判長は、証言がどういう意味を持つかよくわかる、感謝するといった。

「いいえ、わかるはずがありません」証人は首を横に振った。

検察官とセイマは質問しなかった。裁判長は、証人が被害者なので、宣誓は省いていたが、最後にこういった。「では証人の任を解きます。ありがとう」

娘は立ち上がって、法廷を見まわした。セイマは娘の顔の傷を見た。顔の右半分、額《ひたい》から顎にかけて傷が走り、眼球は白かった。娘は床に置いたハンドバッグを持ちあげ、退廷した。
裁判長は被告人を連れてくるよう廷吏にいった。裁判長は証人がなにをいったか被告人に説明した。これがどんな過ちだったか、のちに全員が知ることとなる。

†

その回の公判が終わったあと、セイマは都市高速鉄道の駅に向かった。金曜日の晩だった。彼女は別人になりたいと思った。停留所でバスを待つ人とか、カフェで新聞を読んでいる人とか、家路を急ぐ人とか。法廷の世界を知らない人であればだれでもよかった。自分のアパートが自宅と思えなかった。この数ヶ月未読のままだった個人宛Eメールを読み、暖房費の請求額について家主に不満を表明し、新しい携帯電話を注文し、バカンス中に女友だちと浜辺で撮った写真を見た。なんだか別人が自分の人生を歩んでいるような感覚に襲われた。午前三時、ふたたび起きだすと、セイマは以前よく通ったクラブを訪ねた。客は派手なTシャツを着ていて、UVカメラによる映像が壁に投影されていた。若い男がビニール袋に入ったキノコを買わないかと声をかけてきた。セイマはそれを買って、トランスミュージックに乗って踊った。

翌日の昼、セイマはバルコニーで目を覚ました。Tシャツだけの姿だった。どうやって家に帰り着いたのか記憶になかった。

†

月曜日にセイマは裁判所に赴き、裁判長の部屋を訪ねた。

「弁護人を降りたいと思います」セイマはいった。

「どうぞご自由に」裁判長はいった。「しかし、わたしはあなたを被告人の国選弁護人に指名します」

「そんな……」

「ところが、わたしにはそうすることができますし、そうするつもりです」裁判長がすかさずいった。「あなたが降りることでこの訴訟手続きを中断させ、また新たにはじめる気はありません。あの証人にも、もう一度証言してもらうことになるんですよ」

裁判長はやさしくセイマを見つめた。

「大きな刑事訴訟手続きははじめてですか?」

「はい」

「わかります。しかし受け入れるほかありません」

「あの男をこれ以上弁護する気になれません」

「申し訳ありませんが、問題になっているのはあなたではありません。勝手に降りることはできないのです。あなたと依頼人の関係がこじれ、しかも国選弁護人になることができない事情があるなら別ですが、あなたが被告人を好きになれないとか、被告人があなたを好きになれないとか、そういうことでは理由になりません。あなたは依頼人に嫌悪感を抱いていることを明らかにしました。それだけでも、弁護人の義務に反するといわざるをえません。ただ、これがあなたのはじめての公判であることを考慮して、目をつむります」

セイマは黙った。

「あなたが今後も依頼人をしっかり弁護することを期待します。被告人はだれしも、それを求める権利を有しています。明日、法廷で会いましょう」裁判長はいった。

†

被告人は十四年と六ヶ月の禁錮刑を言い渡された。最高刑よりも半年すくなかった。セイマは午後、上告した。

上告の理由付けはむずかしかった。連邦裁判所では、敗訴者が犯行に及んだかどうかは審理されない。連邦裁判所は、判決が真実に基づいているかどうかを問わない。ただし事実認定をおこなった事実審裁判官が証拠を正当に評価していることが前提だ。証拠が矛盾し、不明瞭で、不充分であってはならない。量刑の重さも事実審裁判官に委ねられる。被告人と証人に直接会ったのは事実審裁判官だからだ。審理が連邦裁判所判事によって繰返されることはない。証人尋問や鑑定人の証言も聴取されない。判決が法的に誤りである場合、つまり法を犯している場合のみ、連邦裁判所は差しもどす。ただしそういう事例は希《まれ》で、ほとんどの上告が却下される。

セイマは、判決文が届いたあと、一ヶ月以内に上告趣意書を提出しなければならなかった。連日十五時間、法律事務所の図書室に籠《こ》もった。だれにも会わず、電話を切り、Eメールを読むのもやめた。〈おやじさん〉は彼女が作成した上告趣意書に何度も目を通し、「これではだめだ」と一刀両断した。「もっと明確に書かなければいけない。きみの文面は複雑すぎる。きみのいわんとしていることは、だれにも理解できないだろう。きみ自身がちゃんと理解していないからだと思う。すべてが明快になるまでよく考えたまえ」

〈おやじさん〉の批判は手厳しかったが、セイマはこの日々に多くのことを学んだ。

セイマはあまり眠らなかったが、眠るときまって上告の夢を見た。三週間半が過ぎたとき、彼女は瑕疵《かし》を発見した。裁判長は、証人が証言するあいだ、被告人を審理の場から遠ざけた。そこまでは認められる。しかし被告人が法廷にもどる前に、証人を退廷させた。それは誤りだった。被告人は公判に参加する権利と義務を有する。被告人は刑事訴訟手続きの主体であって、たんなる対象ではない。証人が任を解かれるかどうか判断する際、被告人は同席を許されているし、同席しているべきなのだ。そして被告人は不在だったため、その権利を行使できなかった。もちろん裁判長は意図して被告人の権利をないがしろにしたわけではない。しかし意図的かどうかは問題にならない。法は厳格なのだ。

四ヶ月後、連邦裁判所は審理を差しもどした。審理は別の刑事部によってやり直すことになった。

新しい審理の場に、あの証人はあらわれなかった。裁判官は彼女に対して召喚状を発した。警察は彼女を見つけられなかった。ルーマニアで暮らす両親は、彼女がベルリンからもどっていないといった。警察の情報筋によると、あの若い娘は最初の裁判で証言したあと殺されて、ゴミ捨て場に捨てられたという。だがそれを証明する術はなかった。数日後、裁判官は被告人を無罪放免にした。有罪を立証する証拠がほかになかったからだ。

†

判決が言い渡されたあと、セイマはコンピュータと調書をバッグにしまい、依頼人に別れを告げた。公判の行方を追っていたふたりの法廷リポーターと軽く言葉を交わしたあと、メインホールの階段を下りて出口へ向かった。

路上で、セイマはだれかに電話をかけたいと思ったが、だれも思いつかなかった。クロイツベルク地区にあるトルコ人の菓子店へ行って、砂糖とレモン果汁とローズウォーターとピスタチオが原料のカラフルなサイコロ状の菓子〈サヨナキドリの巣《ビュルビュル・ユヴァス》〉を買った。店には、丁寧にアイロンをかけた白いシャツを着た少年がいた。少年はショーケースの菓子に見とれていた。年齢は八、九歳だろう。硬貨を一枚だけ手にしている。菓子を選ぶのにたっぷり時間をかけていた。ときおりなにかを指差す。店主がトルコ語でなにかいった。少年は満足そうにうなずく。セイマはレジに立って、少年を見つめた。突然、自分が歳を取ったと感じた。

セイマは菓子店を出ると、法律事務所にもどり、〈おやじさん〉を待った。ふたりはいっしょに小さな公園を歩いた。噴水とベンチの前を通った。この数週間、ふたりはそのベンチによくすわって、公判について話をしたものだ。日差しが明るく、暖かい。美しい春の昼下がり。ふたりは広場のカフェにすわった。ナイフとフォークが食器にあたる音がして、客の話し声や、遊び場ではしゃぐ子どもたちの声が聞こえた。

「想像していたのとちがいました」セイマはいった。

ふたりはコーヒーを注文し、セイマが買ってきた菓子を袋からだして口に入れた。口と舌がべとべとになった。

テ ニ ス

Tennis

女は夜中に帰宅して、客間で眠った。夫を起こしたくなかったからだ。所属するニュース雑誌の写真ルポを作成するため、一週間ベネズエラに行っていた。帰宅した彼女は台所に立って、冷蔵庫を開けた。裸足《はだし》の足下を見る。彼女は自分の足が好きではない。薄い皮膚《ひふ》に血管が浮かんで見える。足が実年齢よりも老けていると思っていた。

女は自転車にまたがって丘を下り、テニスクラブに向かった。日に当たってうなじがいつもよりも細くなったように感じた。贅肉《ぜいにく》のない肩は洗いざらしのTシャツの下でとがって見える。夫がプレイしているテニスコートを探す。自転車は柵の横の草地に倒した。ハンドルはグリップカバーがなくなっていて、そのまま地面に突き刺さった。土は乾いているから、走っているうちに落ちるだろう。数年前、夫は新しい自転車を買ってくれるといったが、彼女はその自転車に愛着を持っていた。

女は夫に手を振り、草地に寝転がって目をつむった。しばらくのあいだテニスボールを打つ音とコートを走るテニスシューズの音しか聞こえなかった。ふたりがもっと仲がよかった頃、彼女もテニスをしてみようとしたが、「きみにテニスは向かない。ボールの動きを読む感覚に欠けている」と夫にいわれ、その気が失せた。

女は、夫が勝つとわかっていた。夫はつねに勝つ。夫の年齢は五十七歳、彼女は三十六歳。結婚して十一年。今朝、ベッドで真珠のネックレスを見つけた。パンツのポケットに入れたそのネックレスに触れた。真珠はすべすべしていて硬い。そのネックレスをつけていた知らない女を想像してみた。だが、うまくいかなかった。

三十分後、女は自転車で湖に向かった。水に入ると、もやもやしたことをなにも考えずにすんだ。ぽかぽか暖かい桟橋に寝そべる。風が肌をなでて涼しい。日差しが強くて耐えられなくなると、家にもどった。途中で白桃を買って帰った。テーブルの上に置いたトートバッグの中に入れたままにした。

女はノートパソコンの電源を入れた。ニュース雑誌の上司からEメールが届いていて、ロシアで取材するようにと書いてあった。「ドラッグなき町」というルポルタージュのために写真を撮ってこいというのだ。

「取材旅行からもどったばかりで、すぐまた仕事を頼むことになり申し訳ないが、急ぎなんだ。ビザはすでに手配してある」

彼女は出版社に電話をかけた。電話で打ち合わせているあいだ、ずっとネックレスをいじっていた。真珠が木製のデスクに当たってカチッカチッと音をたてた。彼女は、先に眠ると夫にメモを残したが、一睡もできなかった。

次の日の早朝、女は家の前でタクシーを待った。タクシー運転手は彼女の旅行鞄《かばん》をトランクに入れた。彼女は後部座席にすわった。十分ほど走ったところで、彼女は忘れものをしたので引き返してくれとタクシー運転手に頼んだ。家には明かりがついていなかった。静かに鍵を開け、ハンドバッグからネックレスをだして、階段の一番上のステップに置いた。黒御影石のステップの上で、真珠がきらきら輝いていた。真珠には傷ひとつついていなかった。それを見れば、夫は事情を察するだろう。彼女はふたたび照明を消した。空港に着いたとき、携帯電話を忘れたことに気づいた。だがもう手遅れだ。もどっている時間はなかった。

エカテリンブルクの空港で、会社が手配した通訳の出迎えを受け、その足で薬物依存症リハビリセンターに向かった。町はずれに、依存症者を収容するそのバラックはあった。まるで古い映画に出てくる野戦病院のようだった。入院患者は二段ベッドに寝ていて、ニンニクと汗と尿のにおいがぷんぷんしていた。センター長は髪を短く刈っていて、首が太かった。

「厳しい環境に置かないと、依存症者は救えないのです」とセンター長はいった。「彼らはコデインを含有する咳止めドロップをスプーンにのせ、火にかけて溶かし、その溶液を静脈に注射します。やがて肉体が腐敗し、皮膚と骨はリンとヨードと金属に侵され、筋肉は黒く硬化します。依存症者の皮膚は鱗《うろこ》のようにぼろぼろはがれるため、コデインにはクロコダイルというあだ名がついています。咳止めドロップはヘロインよりも安価で、どこでも買えます」

女は写真撮影をした。どうせいいものにはならないとわかっていた。雨が降る中、通訳の車にもどると、その前に年配の男がいた。男は両膝《りょうひざ》を抱えて顔をうずめていた。彼女は通訳を呼んで、その年配の男にたずねた。

「なぜ家に帰らないんですか？　寒くて病気になりますよ」

雨水が男の顔を伝い落ちていた。男は質問に答えず、彼女を仰ぎ見た。それからいった。

「クロコダイルに娘を食われた。今日、娘に会った。死後四日。市営の死体安置所で娘の身元確認をさせられた。どうしてこんなことになったんだ？」

本当にその答えが知りたいのか、男は返事を待っているようだった。降りしきる雨の中、雨水が男の襟首に流れ込んでいた。彼女はホテルについてくるよう誘った。車の中で、男はずっと窓ガラスに額《ひたい》を押し当てていた。男の髪は灰色で、薄かった。

ホテルに着くと、女はボーイにいって、タオルを何枚も持ってこさせた。男は頭をふき、びしょ濡れの上着を膝にのせた。紅茶とウォッカを飲んで、しだいに落ち着きを取りもどした。椅子から水滴が落ち、絨毯《じゅうたん》が濡れて黒くなっていた。

「熱い茶をすすりながら人と話せて人心地がついた。しばらくぶりのことだ」と男はいった。それから娘の話をした。娘は左足と右腕が腐ったため切断される憂き目にあったという。それでも咳止めドロップを溶かして摂取することをやめなかった。男の息子はチェチェン紛争に従軍中に死亡した。

「死因はチフス。十八歳だった。まだ恋も知らない若者だったよ。娘はそれが耐えられなかったのかもしれない」

娘はそのことを一切話題にしなかったので、はっきりとはわからないという。

「わたしらには、こういう人生しかないいんだよ」そういうと、男は紅茶とウォッカをもうすこしもらえるかとたずねた。女は金を与えようとしたが、男は断った。「おれは物乞いじゃない。ウサギ小屋を持っていてね。四匹飼っている。毛並みがふわふわなんだよ。毎日、野菜を与えている。金なんていらない。なにもかも静かに話せる相手がほしいんだ。自分ではもうなにも理解できない」

しばらくして女はその男を家まで送っていった。ウサギ小屋は男が住むアパートの屋上にあった。男はぜひ見せたいといった。寒かったが、男はシャツを脱いで、ウサギを腕に抱いた。

「ウサギはぬくぬくしている。鼓動が激しく打っているのがわかる。ウサギの心臓は、人間の心臓よりも鼓動が速いんだ」と男はいった。男の胸毛には白髪がまじり、ウサギの被毛に似ていて、町並みをおおう雨模様の空とそっくりだった。

その夜、女は夢も見ないほどぐっすり眠った。目が覚めると、部屋の中は静かで、息苦しかった。彼女は窓を開けた。外気は市内で焚《た》かれる石炭ストーブから出た硫黄《いおう》のにおいがした。朝食はビュッフェ形式だったが、なにもとらなかった。コーヒーのにおいをかいただけで気分が悪くなった。
　通訳が迎えにきて、町の観光名所を案内してくれた。聖堂、サーカス、オペラ座。博物館のチケット売り場でつりをもらうのを忘れた。通訳からいろいろ訊かれたが、彼女は生返事ばかりした。

　彼女の乗る飛行機は夕方の便だった。座席にすわって、ようやくほっとした。寝入る直前、南フランスで過ごしたバカンスのことが脳裏によみがえった。キオスクで煙草を買ってきてあげると彼女がいうと、夫は展望塔の前の駐車場で待った。夫は白いワイシャツを着ていて、腕まくりし、両手をゆったりしたズボンのポケットに突っ込んでいた。彼女がもどると、夫は背中を展望塔の壁にもたせかけて、空を見上げていた。あの頃は夫を愛していた。うまくいくと信じていた。

　フランクフルト空港では弟が待っていた。迎えにきてもらう約束にはなっていなかった。「旦那が入院した」弟はいった。夫は気絶しているところを発見され、出張先のロシアにはだれも連絡が取れなかったという。

三年後、女は夫が所属していたクラブでテニスのトーナメントに出た。プレイに集中し、打ち返すボールは強く正確だった。ほとんど動いていないように見えるが、いつもいいポジション取りをして、なんなくボールを打ち返す。トレーナーからは、生まれつき才能があるといわれた。

†

トーナメントが終わったあと、女は夫と並んで自宅のテラスにすわった。あれは事故だった。夫は家の中が暗くて真珠に気づかず、足を滑らせたのだ。転倒したとき、御影石の階段に頭を強打した。重度の外傷性脳損傷。大脳皮質が機能障害を起こした。ほとんど話せず、自分で食事をとることも、体を洗うことも、服を着ることもできなかった。

予報によるとその晩は、雨になり、冷え込むという。女は家に入って、夫のために毛布を取ってきた。リビングのソファの後ろの壁には、あの年配の男とウサギの写真がかけてある。その写真は賞を取り、ニュース雑誌の表紙を飾った。遅い午後の日差しが、縦長の扉を通してその写真を照らしていた。薄暗いリビングで、そこだけが異様に明るい。女は写真の前で服を脱いだ。それから夫がいるテラスに出て、裸のまま夫の前に立ち、両腕を背中にまわしてポーズをとった。身につけていたのは、知らない女の真珠のネックレスだけだった。

友　人

Der Freund

子どもの頃、リヒャルトは私の一番仲のいい友人だった。十歳のとき入学した寄宿学校で出会った。ベッドは隣同士で、ふたりともはじめて親元を離れた。リヒャルトは私の学年で一番才能に恵まれていた。学業成績は学年で一番。演劇祭では主役を演じ、サッカーのポジションはミッドフィールダー。スキー競技会では地元の選手に勝った。彼はなんでもそつなくこなし、みんなが彼のまわりに集まった。彼の一族はジュネーヴに居《きょ》を構えていたが、祖先は十九世紀にルール工業地帯の製鋼会社に共同出資した人物で、歴史の教科書にその名がのっていた。

大学入学資格試験に合格すると、リヒャルトはオックスフォードのトリニティ・カレッジで歴史学を学び、つづいて二年間ハーバード大学で法学を専攻した。彼はニューヨークに移り住み、一族の財産を管理する銀行に職を得た。数年後、タイの小さな島の浜辺で結婚式をあげた。招待客はわずかだった。妻のシェリルは彼より五歳若く、ボストン生まれだった。結婚式で、だれかが女優のアリ・マッグローのようだといった。たしかにすこし似ていた。

父親が他界すると、リヒャルトは会社の持ち株を兄の名義にし、妻とソーホーの一軒家に住んで、芸術をコレクションし、福祉財団を設立して、方々へ旅をした。その頃、私は二、三度ふたりを訪ねている。ふたりは仲睦《なかむつ》まじかった。それから突然、連絡が途絶え、消息がわからなくなった。

†

数年前、身柄引き渡しをめぐる案件に関わって、私はニューヨークを訪れた。私の依頼人は一連の金融詐欺事件に巻き込まれ、アメリカ合衆国とドイツから刑事訴追された。度重なる要請と交渉の末、アメリカ当局は驚いたことにベルリンへの身柄引き渡しを認めた。私はニューヨークで一日自由な時間ができた。私はジュネーヴにいるリヒャルトの兄に電話をかけた。リヒャルトは四年前からホテル住まいをしていて、おそらくそこに行けば会えるだろうという話だった。

私は教えてもらった住所へ向かった。エレベーターボーイが、四十三階に運んでくれた。ドアのベルを鳴らして、しばらく待った。そこは高級ホテルで、床は大理石張りで毛足の長い絨毯《じゆうたん》が敷かれていた。廊下は洗剤のにおいがした。壁には鏡や金の額縁にはめられた古い家の図面がかけられていた。

若い女がドアを開けた。目が腫れていて、Tシャツしか身につけていなかった。女はドアを開け放って、なにもいわず寝室に入った。リヒャルトはソファで横になっていた。シャツははだけていて、一部分が引き裂かれていた。こんなにがりがりにやせた人間を見るのははじめてだった。私に気づくと、彼は上体を起こした。挨拶もせず、ちょうど観ていたテレビドラマの話をしだした。子どものようだった。ソファテーブルには、セロファンに包まれた色とりどりの錠剤が無数に置いてあった。

「夜どおしパーティをしていたんだ」リヒャルトはいった。目が虚《うつ》ろだった。

彼は立ち上がって、私を抱きしめた。汗と酒のにおいがした。口元が切れていて、肌がかさかさだ。鼻には乾いた血の痕《あと》がある。頭はふくれて、異様に大きく見えた。

「外に出よう」彼はいった。サングラスを見つけるのにしばらくかかった。

外の空気はむっとしていた。路上生活者が消火栓の水で顔を洗っていた。街の喧騒、車の走行音、短いクラクション、パトカーや救急車のサイレン。私たちは六十三丁目を東に向かって歩いた。リヒャルトは何度もよろけた。

「マディソン街との角に、このあたりでまともなコーヒーが飲めるダイナーが一軒だけある」と彼はいった。

私たちは店の隅にすわって、コーヒーが出てくるのを待った。ここではだれもがリヒャルトを知っているようだった。ロックウェルズ・ベーカリーの配送車が来て、トースト用のパンをカウンターの上の棚に積みあげていった。ダイナーの店主が、ぐずぐずするなといって、コックの尻を蹴った。客がいっせいに笑って、拍手した。店主はお辞儀をし、コックはにやにやした。ウェイターが紙コップに入れたコーヒーを二杯運んできた。コーヒーは熱くて濃かった。私たちは来た道をもどり、五番街を横切ってセントラルパークの芝生にすわった。リヒャルトの両手がふるえ、コーヒーが無精髭《ぶしょうひげ》を伝ってこぼれた。彼は口元をふこうとして、紙コップの中身をシャツにこぼしてしまった。イーストハーレムのロゴが入った黄色いTシャツをおそろいで着ていた少女たちが、野球をする前の準備運動をしていた。みんな、学童のようにはしゃいでいる。世界じゅうどこもおなじだ。私たちはその様子を眺めた。

「あそこだよ」突然そういうと、リヒャルトは公園の道を指差した。

「なにが?」私はたずねた。

彼は答えなかった。芝生に寝転がり、すぐに眠ってしまった。口をぽかんと開け、顔は青白く、汗をかいていた。

しばらくして私は彼を起こし、ホテルに連れ帰った。若い女はいなくなっていた。私はいった。「死にたくなかったら、薬物依存症の治療をするべきだ。このままだとドラッグで死ぬぞ」

リヒャルトはソファに身を投げだした。そのときランプを倒してしまい、二度立てようとしてうまくいかず、そのままにした。

「平気さ」といって、彼はテレビをつけた。薬物依存症者はみんな嘘をつく。

立ち去る前に、私はホテル支配人に会って話をした。金を渡し、定期的にリヒャルトの様子を見るように頼み、彼の兄の電話番号を教えた。私にできるのはここまでだと思った。

†

二年後、リヒャルトからEメールがとどいた。

〝今フランスにいる。会いにこないか?〟

ノルマンディにある邸《やしき》は知っていた。子どもの頃、よくそこを訪ねた。リヒャルトの母親は当時、いつも庭で本を読んでいた。物静かで、やせた人だった。瞳は褐色で、夏の暑い盛りでも黒いカーディガンを羽織っていた。リヒャルトの母親が人生の大部分を精神科病院で過ごしたと知ったのは、ずっとあとのことだった。海の見えるその庭で、私は生まれてはじめてレモンの木とオレンジの木を見た。


私は噴水のそばに車を止め、邸のそばをとおって庭に入った。リヒャルトは小さな四阿《あずまや》の中で籐椅子にすわっていた。格子《こうし》柄《がら》の毛布が膝《ひざ》にのっていた。すぐそばのテーブルに、紅茶の道具一式と焼き菓子とマルメロの枝を活けた花瓶が置いてあった。四阿の横には、ブロンズの天使像があった。風雨にさらされて傷み、緑青《ろくしょう》を吹いていた。子どものとき、私たちはそのブロンズ像を的にして弓を引いて遊んだものだ。

リヒャルトの顔はいまだにげっそりやつれ、頬骨が張っていた。髪はバリカンをあてて短く刈り、厚手のツイード生地でできた帽子をかぶっていた。

「やあ、来てくれてうれしいよ」彼はいった。「ここに来て数ヶ月、きみははじめてのお客だ」

もう虚ろなしゃべり方ではなかった。目は澄んでいる。だが同時に疲れをにじませていた。彼のコートは彼には何サイズも大きいように見えた。

「がみがみ婆さんには会ったかい?」リヒャルトはたずねた。

「がみがみ婆さん?」

「看護師だよ。めちゃくちゃ厳しい。兄が雇ったんだ」

私たちはこの邸で過ごした子どもの頃の思い出話をした。歯が一本しかない庭師、禁じられていた村への遠出、リヒャルトが好きになったかわいい司祭の娘。私たちの思い出はすべて卑近なものだったが、それでも私たちにはかけがえのないものばかりだった。

「精神分析家のところへ行くようにいわれている」リヒャルトが突然いった。

「行くのかい?」

「行くものか。そもそも病気じゃないからね。ジュネーヴでクリニックに入った。さんざんな目にあった。二度とごめんさ。セラピーを受けたってなんの役にも立たない」

海は灰色だった。夜になったら雨が降るだろう。この地域特有の穏やかな霧雨だ。

「いまでも煙草をやっているのかい?」リヒャルトがたずねた。「私はがみがみ婆さんに禁じられた。でも今は吸わずにいられない」

私は煙草を差しだした。彼は火をつけて一服するなり、咳き込んだ。彼は笑って、ティーカップの受け皿で煙草をもみ消した。

「煙草も吸えなくなってしまったとは」

「私も、やめるようにいわれている」なにかいわなくてはと思って、そういった。

リヒャルトは別の肘掛け椅子に両足をのせ、ティーカップを腹の上に置いた。

「下の村にはもうずいぶん足を延ばしていない。兄が寄付をして村の教会が改修された。見てみたいんだけど、だめなんだ。これもがみがみ婆さんに禁止されている。昔、親にいわれたのとおなじ。〝庭から出てはいけません〟」

私たちは笑った。それから、冷めた紅茶を飲んだ。私たちは、長くは話さなかった。

「なにがあったんだ?」私はたずねてみた。

「タックタック先生を覚えているかい?」リヒャルトがいった。

「もちろん」寄宿学校にいたとき、ドイツ語の先生にタックタックというあだ名をつけた。そういう感じでよく口ごもったからだ。先生は詩人のリルケを崇拝するイエズス会士だった。

「あの詩を覚えているか? 〝いまさらだれが勝利について話すというのか? 耐えぬくほかない〟」

「暗記させられたっけ」

「リルケは戦争のことを詠《うた》った。だけどあんなことを本気で書いたとは思えない。今ならナンセンスだってわかる。耐えたってなんの意味もない。まったく意味がないんだ」

バラとチューリップとスズランのにおいが強くなった。

「あのさ」リヒャルトはいった。「シェリルが本当に好きだった。大恋愛だったというとちょっとちがうかもしれない。だけど、気持ちが通じあっていた。私たちが知っているどんな夫婦よりもよくわかりあっていたんだ。そして私たちは子どもを作ろうとした。ところがうまくいかなかった。はじめのうちは冗談をいってすませていた。けれども、シェリルはだんだん真剣になっていった。基礎体温を測って排卵日を確かめ、それにあわせていっしょに寝た。どうにもばつが悪かった。私たちは医者にも相談して、あらゆる可能性を試した。私の精子の検査もして、煙草もやめた。それでも毎回、生理が来て、新たな敗北を喫した。毎月受ける打撃に、私たちはまいっていった。傍目《はため》にはばかげて見えるだろう。それ以外、私たちの人生には文句のつけようがなかった。だけどシェリルは絶望して、泣き暮らすようになった。私たちはもうなにもする気がなくなった。旅行にも出ず、コンサートに行くのもやめ、展覧会にも足を向けなくなった。食事は自宅でしかとらなくなり、私たちの人生はせせこましく、ひどいものになった。シェリルは客を迎えるのをいやがるようになった。家政婦まで解雇した。〝あの人が耐えられない〟とシェリルはいった。そのうち私たちの友人すべてにそういうようになった。外でカップルを見るたび、仲のいい様子を、私はうらやましく思うようになった。キスをしあうカップルや、映画館に入るカップルを見ただけで嫉妬した。夜中はテレビをつけて、旅番組を観るようになった。想像できるかい？　この私が、くだらない旅番組や動物のドキュメンタリーを観るようになったんだ」

「なにがいいたいかわかるよ」私はいった。

「私たちの住まいの奥には、中庭に面した小さな部屋があった。私たちはそこをオフィスと称した。といっても、置いてあったのは私のコンピュータと肘掛け椅子とランプだけだったけどね。そこから見える中庭に、毎日小さな男の子が姿をあらわした。ネコを飼っていた。あるときその子は、日に当たって熱くなったコンクリートの地面に何時間も膝をつき、ネコをなでていた。どのくらいその様子を見ていたのか覚えていないが、私は人生をやり直したくなった。わかるかい。だけどシェリルと別れることはできない。いろんなことをいっしょにやってきた。彼女も私とおなじで、心がぼろぼろだった。私には、別れる勇気がなかった。不安と罪の意識と愚かさゆえに、私はこの正気の沙汰とはいえない状況につきあいつづけた。そしてそのうち長く熱い夏が終わった。私たちはへとへとに疲れてしまい、ついに限界に達した」

「どうしたんだ?」

「自分の気持ちを彼女に伝えた。〝きみのためならなんでもすると誓ったが、もう無理だ。私はきみが必要とした男ではない〟と。私たちは台所にいた。彼女が調理した夕食をとる前だった。喧嘩にはならなかった。声を荒らげることもなかった。そもそも私たちは声を荒らげたことがなかった。らしくないことだったからね。シェリルがいったよ。気持ちはよくわかる、と。それから泣きだした。いたたまれないほどさめざめと泣いた。彼女は寝室へ行き、ジョギングスーツに着替えた。なにか考えごとがあると、いつも自転車でセントラルパークまで長い距離を走り、一時間ほどジョギングしたんだ」

リヒャルトは煙草をもう一本吸った。今度も咳き込んだが、彼は吸いつづけた。

「発見されたとき、彼女は頭蓋骨をつぶされていた。体の血液の八十パーセントを失っていた。股間には枝や木の葉や土塊《つちくれ》が押し込まれていた。犯人は二人組の男で、十八歳と二十歳だった。ふたりはシェリルの携帯電話とネックレスと結婚指輪を持ち去っていた。たぶんシェリルを殺す気はなかったんだと思う。あれはどちらかというと事故だったんだろう。のちにふたりは殺人罪で有罪になった」

「知らなかった」私はいった。

「シェリルは結婚前の姓を名乗っていたからね。新聞各紙は仮名でしか記事にしなかった。

兄が報道機関を裁判から締めだしたんだ。どうやったのか謎だけど。彼はそういうことに慣れているから。私はそれから二、三週間、自宅での生活をつづけた。わかるだろう。葬儀、役所への届け出、弔問客への対応、いろいろやることがある。だけど私は、この牢獄から出る必要があった。自分の頭の中の考えから自由にならなければならなかった。だけど頭の中にいるのは私自身だった。だからホテル住まいをして、自分を破壊しはじめた。わざと計画的にやった。そのあとどうなったかは、きみも知ってのとおりだ」

「裁判を傍聴したのか?」

「いいや。あのふたりとおなじ部屋にはいたくなかった。調書は弁護士からもらった。写真もね。この邸の金庫にしまってある」

リヒャルトはそれっきりなにもいわなかった。彼の息づかいが聞こえたが、顔を見ることができなかった。

「〝あなたは遠くへ行ってしまったのね〟。それがシェリルの最後の言葉だった。私は、自転車をだして、走っていく彼女を台所の窓から見た」

「この件できみに罪はない」私はいった。

「ああ、みんなそういう。そういえば、救いになるとみんな信じている。だけど、私が彼女を腕に抱いて、生き方を変えようとか、いっしょにここを離れようといってさえいたら、彼女は今も生きていたんだ。私には罪がある。なにをもってしても、これぱかりは変えられない。セラピーでも、ドラッグでも。彼女はこの世にいなくなったけど、まだ存在する。そういうどっちつかずの状態が耐えられないんだ」

リヒャルトは立ち上がって、断崖まで歩いていった。私は彼に従った。私たちは岩に打ち寄せる波をいっしょに見下ろした。

「もしかしたらきみのいうとおりかもしれない。罪は犯していない」リヒャルトはいった。「だけど、罰は受けるしかないんだ」

二時間後、私は暇《いとま》を告げた。友は四阿で椅子にすわっていた。毛布にくるまって、じっと動かず、静かだった。これが彼に会った最後だ。二週間後、彼は歯磨き用のコップで鎮静催眠薬ペントバルビタールを数グラム溶かして飲んだ。彼がその薬をどうやって手に入れたのか、だれにもわからなかった。彼はニューヨークで妻の隣に埋葬された。

†

ノルマンディで彼と会った日から数ヶ月後、私は書くことをはじめた。もう限界だった。

たいていの人が、非業の死のなんたるかを知らない。それがどんな様相を呈するもので、いかなるにおいを放ち、どんな空虚感をあとに残すかを知らない。私は弁護してきた人たちのことを思った。彼ら、彼女らの孤独感と疎外感、そして自分自身に愕然としていたことを。

刑事弁護士になって二十年、段ボール箱がひとつだけ残っている。つまらないものしか入っていない。書き味の悪くなった緑色の万年筆、ある依頼人からもらった煙草入れ、数枚の写真と手紙。新しい人生を歩みだせば楽になれると、私は思っていた。だが楽になど決してなれなかった。結局おなじなのだ。薬剤師であろうと、家具職人であろうと、作家であろうと。それぞれの決まりごとはすこし違うものだが、疎外感は残りつづける。そして孤独感やさまざまな思いも。

訳者あとがき

もし弁護士から「秘密を漏らしたら殺す」といわれたら、どう反応すればいいだろう。実際、ぼくは二〇一五年六月に、夜の新宿副都心を歩いていて、弁護士のシーラッハにそういわれた。「秘密」とは、その後二〇一八年にドイツで発表された本書のことだ。邦訳も単行本として出版され、さらにこうして文庫版をみなさんにお届けできるようになったのだから、もう「時効」といえるだろう。

シーラッハは二〇〇九年に初の短篇集『犯罪』でいきなり人気作家になり、矢継ぎ早に第二短篇集『罪悪』（二〇一〇）を上梓《じょうし》した。

こうして意図せずに罪を犯し、罰を受ける「罪深き人々」を描くシーラッハのスタイルが確立された。おもしろいのは、当時のエッセイでシーラッハが、この罪深き人々を救えるのは真実を見極めることでも、悪とは何かをつきつめることでもなく、「美」の力であるという考えを披瀝《ひれき》していることだ。

美しさこそ人を癒し、救えるというのだ。刑事弁護人として名を成したシーラッハが法廷ではなく、あえて文学という表現行為に可能性を求めた理由もそこにあるといえる。シーラッハは、裁かれる側、いやときに裁く側や自分でさえ内に秘めている闇や孤独を文学に昇華し、物語ることで癒そうとしているのだ、とぼくは勝手に解釈している。

シーラッハはおなじ世界観で、『コリーニ事件』（二〇一一）『禁忌』（二〇一三）といった長篇や、『テロ』（二〇一五）といった戯曲、*Kaffee und Zigaretten*（珈琲《コーヒー》と煙草《たばこ》、二〇一九　邦訳は近刊の予定）といった一部創作を含むエッセイ集へとその表現の幅を広げている。*Kaffee und Zigaretten* などはもはや、マルクス・アウレリウスの名著『自省録』の現代版という趣《おもむき》すら漂わせている。

だが、シーラッハはどうしてこうした境地に至ったのだろう。きっかけはなにか。そのミッシングリンクといえるエピソードが本書の最後の短篇に書かれているので、要注目だ。

当初、ぼくは『犯罪』と『罪悪』を対《つい》の関係で見ていた。夜の新宿副都心を歩きながらそのことに触れると、シーラッハは軽く首を横に振って、短篇集は最初から三部作として構想していたと漏らした。そして間髪を容れず口にしたのが、冒頭に引用したセリフだ。本書は、長く明かされなかった三部作の完結篇だ。『犯罪』『罪悪』をまず読んで、本書をひもとくことを強くお勧めする。そして、本書を読み終えたら、ぜひまた『犯罪』へとループしてほしい。きっと読むことの至福＝カタルシスを味わえるはずだ。

さて、今年の八月にシーラッハの新たな短篇集がドイツで出版される。タイトルは*Nachmittage*（午後の徒然《つれづれ》）。ヘビースモーカーのシーラッハはとにかく飛行機ぎらいだ。よほどのことがないかぎり、長距離の飛行機には乗らない。にもかかわらず、この間に、彼は国外の都市をいくつか訪ねている。そうした都市を舞台にした短篇集になるらしい。台北《タイペイ》、マラケシュ、オスロ―など。そして東京も。

「秘密を漏らしたら殺す」とぼくにいったその夜、シーラッハは投宿していたパークハイアット東京を見上げて、ふと漏らした。

「昨夜、客室から夜の東京を眺めながら短篇を書いた」

いよいよその短篇が読めるようだ。一足先に楽しませてもらうが、いずれみなさんにもお届けしたいと思う。本書を読みながら待っていていただけると幸甚《こうじん》だ。

二〇二二年七月

解説

千街晶之

フェルディナント・フォン・シーラッハ。彼は弁護士であり、同時に日本ではミステリ作家として広く知られている。では彼は、「弁護士らしいミステリ作家」なのだろうか。

何故このような問いを立てたかと言えば、彼を他の弁護士出身のミステリ作家と比較してみたくなるからだ。海外の弁護士出身（あるいは弁護士と兼業）のミステリ作家としては、E・S・ガードナー、ヘンリー・デンカー、スコット・トゥロー、ジョン・グリシャム、スティーヴ・マルティニ、リチャード・ノース・パタースンらの名が思い浮かぶ。彼らの多くはリーガル・ミステリの書き手である。司法に関する豊かな専門知識と経験をもとに、彼らは法廷における丁々発止《ちょうちょうはっし》の論戦を、あるいは弁護士や検事が拠《よ》って立つ正義や職業倫理を描き出す。しかし、シーラッハの場合、一般的なリーガル・ミステリのイメージに近いのは長篇『コリーニ事件』（二〇一一年）など僅《わず》かしかない。彼の作品の多くは短篇であり、そこには弁護側と検察側の華々しい論戦やその結果の大逆転といった、リーガル・ミステリに読者が求めるカタルシスは殆《ほと》ど見られない。それらの作品を読み終えた時、読者の中には何とも形容し難いもやもやしたものが残る。

では、著者は「弁護士らしくないミステリ作家」なのだろうか。その答えを出す前に、本書『刑罰』（原題 *Strafe*、二〇一八年。邦訳は二〇一九年六月に東京創元社から刊行）および著者の紹介に移ろう。

本書は、デビュー作『犯罪』（二〇〇九年）、第二短篇集『罪悪』（二〇一〇年）に続く第三短篇集である（薄い短篇集『カールの降誕祭《クリスマス》』（二〇一二年）は第二・五という位置づけのようだ）。訳者あとがきによると、著者は初めからこれらの短篇集を三部作として構想していたという。

一九六四年にドイツのミュンヘンに生まれたシーラッハは、一九九四年から刑事事件専門の弁護士として活動を始め、数々の有名な案件を手掛けてきた。彼が実際に弁護を担当し、あるいは見聞きした事件が、彼の小説にどのくらい反映されているのかはわからない。弁護士である以上、担当した事件に関する情報を明かすことは守秘義務により禁止されている筈であり、実際、「フォン・シーラッハ流 罪と罰」（《ミステリーズ！》51号掲載）には「私の著書では、事件のエッセンスが同じであることを除いて、すべて改変されています」とある。しかし、彼の小説が、弁護士として経験を重ねるうちに彼の内面に蓄積されてきたものの発露《はつろ》であることは間違いない。その点は他の弁護士出身のミステリ作家と同じなのかも知れないが、特異なのは小説家としての表現方法である。

多くの小説家は、第三者からは窺い知れない人間の心の動きを、言葉の限りを尽くして表現しようとする。シーラッハはそうではなく、感情に関する描写を極限まで削り、起こった出来事だけを積み重ねてゆく。著者が短篇を書く際には特に、「彼はそう思った」といった類の文章を可能な限り避ける。登場人物の思考や感情は、彼らの行動と発言から読み取るしかないし、その発言すらも、必要最小限に抑えられている。

人間は本来的に孤独であり、他者の心理は本質的に不可知である。そのことを誰よりも強調する小説家であるシーラッハは、しかし人間心理の表現を諦めているわけではないし、ひとの想いを知ることを断念しているわけでもない。彼は起こった事実を淡々と紹介することで、関係者の心の深奥《しんおう》を浮かび上がらせるのだ。これは彼の小説では珍しく一般的なリーガル・ミステリのイメージに近い『コリーニ事件』も例外ではなく、殺人事件の被告人コリーニは極めて口数の少ない人物として描かれており、その想いは主人公である弁護士ライネンが調べ上げた事実や、最後にコリーニがライネンに残したものなどから推察できるようになっている。

著者の短篇ではしばしば、主人公の生い立ちが順を追って描かれることがある。本書でいえば、「カタリーナは、ホーホシュヴァルツヴァルトの高地で育った」という書き出しの「参審員」、「フェーリクス・アッシャーは生まれたとき、腹部に小さな赤いあざがあった」と始まる「湖畔邸」、「セイマの父親は、十八歳でトルコからドイツへやってきた」と主人公の出生前からスタートする「奉仕活動《スポートニク》」の三篇がそれにあたる。カタリーナやアッシャーやセイマといった主人公たちの人生にどのような出来事が待ち受けているのかは、ある程度読み進めなければわからないし、内面描写が抑制されているため、彼あるいは彼女たちが何を考えながら成長し、人生観を育《はぐく》むようになったのかも、基本的には彼らの言動や、彼らを取り巻く環境から推察するしかない。

「参審員」のカタリーナと「奉仕活動」のセイマは、ある意味で似た立ち位置である。前者は自分が参審員（日本の裁判員に該当するが、事件ごとに選出されるのではなく任期制となっている）として立ち会った裁判の証人に共感し、弁護士である後者は女性の敵そのもののような被告人を職務として弁護しなければならない。著者は彼女たちの心情を詳細に語る代わりに、そこに至る彼女たちの半生を淡々と紹介することで、心理描写よりも雄弁に彼女たちのやるせなさ、彼女たちの心を挫《くじ》いた法制度の問題点を浮き彫りにする。

反対に、法の無情に突き当たって挫折した時が出発点となるのが「逆さ」のシュレジンガー弁護士である。これは著者の短篇としては、「サマータイム」（『犯罪』所収）などと同様、珍しくリーガル・ミステリの定型を踏襲《とうしゅう》した構成だ。ある男を弁護して無罪にしたせいで取り返しのつかない悲劇を招いてしまった時から、シュレジンガーは身を持ち崩す。酒に溺れ、借金を重ね、信用を失う。そんな彼が、ある裁判を通して自分を取り戻すのだが、そのきっかけは思わぬ方向からやってくるのだ。

著者は弁護士でありながら——いや、弁護士であるからこそなのかも知れないが、人間が犯した罪と、法に基づいてそれに下される罰とが釣り合わないという現実を知っている。「青く晴れた日」「隣人」「小男」「臭い魚」「湖畔邸」「テニス」は、犯した罪が裁かれなかったり、あるいは法制度の限界が描かれたりする例である。法治国家においては、たとえ真実を暴くためでも規則を破ってはならないし、ひとの内面を裁いてはならないし、立証できない場合には有罪にしてはならない。それらの原則自体は絶対的に正しいけれども、結果として罰を免れる者も出る。これらの短篇は、罪と罰がどうしても釣り合わないこの世のままならなさを描いているのと同時に、人間に「魔が差す」瞬間を描いた作品でもある。

「リュディア」や「ダイバー」は、いずれも人間の性欲と愛情の不可思議なありようをモチーフにしている。これらの作品にもまた、他者には理解されにくい欲望を抱え、あるいはパートナーの欲望のかたちに直面した人間に魔が差す瞬間が描かれている。

巻末の「友人」は、罪のない人間が罰を背負い込んでしまう例である。冤罪という意味ではない。冤罪ならば、機会に恵まれれば法廷で潔白を証明できるだろう。だが「友人」の語り手の友リヒャルトは、妻を襲った出来事を、いつまでも自分の責任として引きずり続けている。普通に考えれば、その出来事と、直前に夫婦間で交わされたやりとりとのあいだに因果関係はない。リヒャルト自身も理性の領域ではそれを理解している。だが、事態が決して取りかえしがつかないことを知るリヒャルトには、そのような合理的説明は通じない。彼の友人である語り手（シーラッハ本人とも解釈し得る）は、自罰思考に憑《つ》かれて酒や薬物に溺れてゆくリヒャルトを見守るしかない。彼が破滅に陥るその日まで。

繰り返すが、著者の小説がどれほど彼の実体験や見聞《けんぶん》を反映しているかはわからない。しかし、本書が短篇集三部作の締めくくりの一冊であるならば、ラストに置かれたこの「友人」が、小説家としての彼の出発点であるという読み方は出来そうだ（先述の「フォン・シーラッハ流　罪と罰」には「以前は、個人的に親しい人を弁護したこともありますが、今はしません。近しい人を裁判のあと、亡くしたからです」という発言があり、『犯罪』の文庫版に新たに追加された「序」で語られた裁判官だったおじの件も考え合わせると、親しい人間の死を幾度《いくど》か経験したことがあるのは間違いないようだ）。

シーラッハについて語る際によく引用される有名な文章だが、『犯罪』文庫版の「序」

において、著者は「私たちは生涯、薄氷の上で踊っているのです。氷の下は冷たく、ひとたび落ちれば、すぐに死んでしまいます。氷は多くの人を持ちこたえられず、割れてしまいます。私が関心を持っているのはその瞬間です。幸運に恵まれれば、なにも起こらないでしょう。幸運に恵まれさえすれば」と述べている。『犯罪』から本書に至るまで、著者の作品ではそのような薄氷の割れる瞬間が執拗に繰り返される。しかし、言うまでもなく、氷は自然に割れるのではない。一瞬であれ、じわじわと時間をかけてであれ、何らかの圧力がかかるからこそ氷は割れるのだ。著者の小説は、罪を犯すまで、あるいは感情を爆発させるまでの人間の営みを、氷が割れるに至る力学として冷静に観察し、記述する。「隣人」のブリンクマン、「ダイバー」の妻、「湖畔邸」のアッシャー、彼らの心に魔が差す瞬間は、そこに至る彼らの人生の中に既に胚胎《はいたい》していたのだ。追いつめられ、デスペレートになった心理状態の人間に、ある刺激を与えれば、抑圧され張りつめていた感情は必ず弾ける。力を加えられた氷が砕けるように、不可逆的に。

そうなるしかなかった、必然的な結果。といっても、著者は彼らを冷やかに突き放してはいない。この不条理で残酷な世界で、彼らが罪を犯すに至った事情をコンパクトに凝縮して読者に訴えかけ、その感情を揺さぶる著者の技法は、まるで裁判官や参審員に被告人の情状酌量を求める弁護士のそれである。

フェルディナント・フォン・シーラッハ。その意味では彼は、弁護士らしくないミステリ作家などではなく、実は最も弁護士らしいミステリ作家なのかも知れない。

本書は Luchterhand Literaturverlag, München より刊行された STRAFE（二〇一八年版）を底本とし翻訳出版した『刑罰』（二〇一九年刊）の文庫化です。

訳者紹介 ドイツ文学翻訳家。主な訳書にフォン・シーラッハ「犯罪」「罪悪」「コリーニ事件」「禁忌」「カールの降誕祭《クリスマス》」、ノイハウス「母の日に死んだ」、ヘッセ「デーミアン」、ケストナー「終戦日記一九四五」他多数。

検印
廃止

刑罰

2022年10月21日 初版

著 者 フェルディナント・フォン・シーラッハ
訳 者 酒《さか》 寄《より》 進《しん》 一《いち》
発行所 (株) 東京創元社
代表者 渋谷健太郎

162-0814/東京都新宿区新小川町1-5
電 話 03・3268・8231-営業部
03・3268・8204-編集部
URL http://www.tsogen.co.jp
萩原印刷・本間製本

ISBN978-4-488-18606-7 C0197